東雲亜里沙 しののめ　ありさ
「それじゃ、改めまして……初めまして、
東雲亜里沙です。当主様、本日よりお世話になります」
アリスの“本体”が、総一《クオン》の
道場に居候することに……!?

アルトリウス
常に冷静沈着で人当たりが良い、
『マギテカ』のカリスマにして
トッププレイヤー。ローゼミアの
想いに対し、彼の方もまんざらでも
ないようで!?
「私は……ローゼミア。
ローゼミア・アドミナスと
申します」
ローゼミア
聖王国の聖女で、聖なる力と大きな影響力を持つ。
クオンの護衛対象だが、アルトリウスに
一目ぼれしてしまい……!?

クオン
現代最強剣士にして、“剣鬼”の異名を取る最強プレイヤー。
本編主人公だが、美男美女の大型カップル（？）誕生の予感に、
今回ばかりは立場ナシ!?
「お美しい名前です。ローゼミア様とお呼びしても
よろしいでしょうか？」

ルミナが新たに進化!!!
そして、光は徐々《じょじょ》に収束し、
光り輝くルミナの
シルエットのみが残り――
次の瞬間、その光は弾けて散った。

Magica《マギカ》 Technica《テクニカ》
現代最強剣士が征く
VRMMO
戦刀録
9
Allen
ill.ひたきゆう
The Ultimate Swordmaster's
Heroicsaga In Magica Technica

口絵・本文イラスト　ひたきゆう

CONTENTS

第一章　滅亡の瀬戸際《せとぎわ》

街に近づいたところ、やはりと言うべきか、内部へ入るための門は閉ざされている状態であった。街の周囲で悪魔《あくま》が出現するぐらいなのだ、警戒《けいかい》しているのも当然といえば当然だろう。しかし、中に入れて貰《もら》わないことには話が進まない。見張りの兵はいるようだし、交渉《こうしょう》することは可能なはずだ。

騎獣《きじゅう》に乗ったまま街へと接近すれば、門の横に立っていた二人の兵士が警戒した様子で構える。流石《さすが》に武器を向けてくるほどではないが、かなり警戒されてしまっているようだ。

とりあえず騎獣から降りてゆっくりと近づけば、兵士たちは緊張《きんちょう》した様子で誰何《すいか》の声を上げた。

「な、何者だ！」

「……ベーディンジアよりやってきた、異邦人《いほうじん》だ」

「ベーディンジアから……!?」

俺《おれ》の言葉に、兵士たちは驚《おどろ》いた様子で顔を見合わせる。どうやら、彼《かれ》らもある程度は情報を持っているようだ。今の反応からして、少なくともベーディンジアが悪魔に攻《せ》められていたことぐらいは把握《はあく》しているらしい。

そして、だからこそ驚いたのだろう。俺たちがここにいるということは、即《すなわ》ち悪魔を退けたということなのだから。

「悪魔共を……倒《たお》してきたというのか」

「ああ、ベーディンジアには、既《すで》に悪魔は存在しない。全て駆逐《くちく》し、異邦人はこの国への移動を開始し始めている。俺たちは、その先駆《さきが》けだな」

「驚くべき話だが……それを証明する手段はあるか？」

「悪魔を全滅《ぜんめつ》させた証明って……どうしろと？」

兵士たちの言葉に、アリスが眉根《まゆね》を寄せてそう呟《つぶや》く。

そりゃまあ、そんなものを証明する手段などない。精々、俺たちが今ここにいること自体が証拠《しょうこ》だという程度のところだ。

尤《もっと》も、俺たちが悪魔ではないと証明する手段自体はあるのだが。

「あー……とりあえず、俺たちは悪魔ではない。これを持っているのは証明になるか？」

「おお、それは！」

言いつつ俺が取り出したのは、アドミナ教の聖印だ。

あの男爵級《だんしやく》悪魔、ゲリュオンと戦った時のキーアイテムであるが、設定的には悪魔の力を退けるものであるという。アドミナ教はこの国の宗教であるし、多少は話も通じるかと思ったが——その反応は劇的であった。

驚いた様子で目を見開いた兵士二人は、途端《とたん》にその相好を崩《くず》す。どうやら、俺たちのことを人間であると判断したらしい。

「聖別された聖印をお持ちとは……数多《あまた》の悪魔と戦われてきたのですね」

「お、おお……まあ、そう言えば確かにそうだな。あまり数を数えたことはなかったが」

「先生、《一騎当千《いっきとうせん》》の称号《しょうごう》を持ってるじゃないですか」

確かに、あの時既に千体以上の敵と戦っていたのである。

まあ、あの時のイベントではスレイヴビーストも数多く存在していたため、倒してきた敵の内訳の全てが悪魔というわけではなかったのだが……今回の戦いを含《ふく》めれば悪魔だけで千を越《こ》えていても不思議ではない。

しかし、別段数が増えたからどうだという話でもない。強力な悪魔を討《う》ち、その地を解放することができたかどうか、それが重要なのだ。その足掛《あしが》かりとして、この街に入れるのであれば言うことはない。

「どうぞ、お通り下さい。流石に門を開く訳にはいきませんが、こちらの通用口からなら」

「ああ、感謝する……セイランは通れなさそうだな」

人間用の通用口であるため、流石に巨体《きょたい》を持つセイランでは通れない。素直《すなお》に従魔結晶《まけつしょう》に戻《もど》し、通用口を通って街の中へ入る。

内部の様子は――比較的《ひかくてき》、普通《ふつう》であると言えるだろう。戦時中の落ち着きの無さは感じるが、それでも末期という様子ではない。街の外を悪魔がうろついている割には、かなり普通の印象だ。

「この街は、まだ悪魔に襲《おそ》われてはいないのか？　街の外を悪魔共がうろついていたが」

「ええ、今のところ、大挙して襲ってきてはいません。尤も、外に出た者が襲われる事件は起きていますが……」

「そうか……とりあえず、色々と話を聞いてみるとするよ」

「分かりました。ようこそ、カミトの街へ」

門番の兵士たちに見送られ、街の中へと足を踏《ふ》み入れる。そしてとりあえず、結晶に戻していたセイランを再び呼び出し、周りへと視線を走らせた。

人々の往来は、やはり少ない。流通が滞《とどこお》っているため、物が不足しているのだろう。その辺りについては『エレノア商会』が到着《とうちゃく》すれば解決するだろうが、やはり戦の影響《えいきょう》は存在するようだ。

「ふむ……あの勢力図からして、かなり末期の様相かと思っていたんだが、思っていたほどじゃないな」

「最悪、最初の街から滅《ほろ》んでいる可能性も考えてはいたんですが……」

「思っていたほど悪くないならいいんじゃない？」

「確かにそうなんだがな……だが、理由は知っておきたい。この状況《じょうきょう》からして、奴《やつ》らがその気になれば、この街を滅ぼすこともそう難しい話ではない筈《はず》だ」

業腹《ごうはら》ではあるが、悪魔共の勢力は非常に強大だ。この小さな街程度、簡単に滅ぼせてしまったとしても不思議ではない。

だというのに、このように平穏《へいおん》に暮らせているということは――

「……まずは、石碑《せきひ》を解放するか。それから情報だ」

「あ、はい。そうですね。とりあえずは移動できるようにしないと」

現状、判断に足る情報はない。情報を集めるためにも、まずは準備を整えるべきだ。

とりあえず街の中心へと進みつつ、周囲の状況に視線を走らせる。人の姿は少ないとはいえ、皆無《かいむ》というわけではない。単純に、物資が不足しているから出歩く理由が少ないということだろう。

あまり良い状況であるとは言えないが、人々の様子はまだ落ち着いている。パニックが起こるほどの状態ではないだろう。

「物って言うか……売り物が少ないですね。食べ物は、ギリギリ何とかなってるみたいですけど」

「一応、自給はできるようだな。だが、それが万全《ばんぜん》であるとも言い難《がた》い。徐々《じょじょ》に疲弊《ひへい》していく、嫌《いや》な空気だ」

まだ平気であるとはいえ、今後も平気であるとは限らない。

この街は、戦力的にはあまり高いとは言えないだろう。攻められればそれまでであるし、そうでなかったとしても徐々に疲弊していく。まだ最悪の状況になる前に辿《たど》り着けたことは、せめてもの幸運であっただろう。

いつも通り街の中央にあった石碑に触《ふ》れ、機能を解放する。これで、とりあえずベーディンジアと行き来をすることが可能になった。だが、現状向こうに戻る理由も無いし、とりあえずこちらで活動を続けて問題ないだろう。

「よし……さっさと狩《か》りに行きたいところではあるが、状況だけは確かめておくか」

「周り悪魔だらけで、あんまり稼《かせ》ぎにはならないけどね」

「魔物《まもの》もいると思うんだがな……とりあえず、適当な店に入るか」

話を聞いてみないことには始まらない。とりあえず、俺は仲間たちと共に近場にあった店、武器屋へと足を踏み入れる。

　こちらは、ある程度物は置かれているようだ。街の人間は、あまり武器を必要とはしていないということか。或《ある》いは、そういった高い買い物をする余裕《よゆう》が無いのか――どちらにせよ、話を聞くことはできそうだ。

　とりあえず商品にも目を通してみるが、今のところ俺たちが装備している武器より強力な物はないようだ。というか、武器については成長武器があるし、それ以外の装備は基本的にフィノに任せている。ここで購入《こうにゅう》する物はなさそうだ。

　だが――

「少ないですけど、ミスリル製の装備がありますね」

「そういえば、この国が特産だと言っていたな。今の状況でもまだ残ってはいるのか」

　俺たちの成長武器以外の装備はミスリルで造られている。エレノアはどうやってこちらの国の素材を手に入れたのやら。

　新しい国に来たことであるし、新しい素材というものも少々気になるところではあるが――この時点では、あまり期待できないか。

「ふむ……店主、少し話を聞いてもいいか？」

「うん？　おお、お客さんか。何だい？」

どうやら、閑古鳥《かんこどり》が鳴きすぎて俺たちが入って来たことにも気づいていなかったらしい。

まあ、街があの状況では店が繁盛《はんじょう》しないのも仕方がないだろう。

「俺たちは最近この国にやってきたばかりなんだが、今この国はどんな状況なんだ？」

「ああ、他所の国の方かい。悪いことは言わない、さっさと出て行った方が良いよ……この国は終わりだ」

「どういうことだ？」

俺の問いに対し、店主は深々と溜息《ためいき》を零《こぼ》した。

しかし、まさか一言目から逃《に》げることを勧《すす》められるとは。果たして、どんな状況になっていることやら。

「ある日、突然悪魔《とつぜんあくま》の軍勢が攻めてきたのさ。あいつらは、八大都市と王都、全てを同時に攻撃《こうげき》したそうだ」

「八大都市？」

「ああ、聖都シャンドラを囲む形で点在する八つの領地、その領都となるのが八大都市さ」

「つまり、悪魔共はこの国の重要拠点《きょてん》を全て一斉《いっせい》に攻め落としたと？」

「そういうこった。そんな奇襲《きしゅう》の前には成す術無く、都市は制圧された」

店主の言葉に、思わず沈黙《ちんもく》する。

悪魔共の勢力の大きさもそうであるが、それほど組織立った行動を取っていること自体が既に脅威《きょうい》だ。ヴェルンリードのような力任せな侵攻《しんこう》ではない。どうやら、悪魔の中に確かな知識と実力を持った将がいるようだ。しかも、大国を一気に攻め落とせるほどの戦力となると、その規模は俺では想像もできないほどだ。

果たして、この地にはどれほどの怪物《かいぶつ》がいることやら。

「それって……その都市にいた人たちは、全滅したんですか？」

「さあ、分からんね……あれ以降、誰《だれ》も大きな都市には近づいていない。近づきさえしなければ、悪魔共はあまり襲ってこないからね」

「襲ってこない？　悪魔共が、街を奪《うば》っただけで止まっているっていうのか？」

「そのようだね。とはいえ、近場にある街は順々に襲われているらしいし、時間の問題ではあるよ。この街はまだ大丈夫《だいじょうぶ》そうだがね」

対岸の火事よりは深刻だが、ある程度悪魔の動きが見えているが故の危機感の無さだったか。正直、あまり安心できるような話ではないと思うのだが……事実、悪魔共の動きは鈍《にぶ》いようだ。

人間と見るやすぐさま襲い掛《か》かってくるあの悪魔共が、こうも動きが鈍いというのはどうも裏を感じる。果たして、何を企《たくら》んでいるのやら……ヴェルンリードのこともあるし、悪魔自身の嗜好《しこう》というものが存在することは分かっている。今回もそんな要素が絡《から》んでいるのか、或いは他に何らかの理由があるのか……とりあえず、悪魔に接触《せっしょく》しないことには分からないか。

「一番近い八大都市はどこにあるんだ？」

「ここから北東にしばらく進んだ辺りだが……まさか、行くつもりかい？」

「異邦人なんでね、悪魔を狩るのが仕事だ。とりあえず、悪魔に接触してみんことには状況も分からんし、やるだけやってみるさ」

「……そうかい。あんたに、女神《めがみ》様のご加護が有らんことを」

諦観《ていかん》に満ちた店主に対して軽く手を振《ふ》り、店を辞去する。

さて――ある程度の状況は知れた。後は、自分の目で確かめてみるとしよう。

第二章　滅びの足跡

『《格闘《かくとう》》のスキルレベルが上昇《じょうしょう》しました』
『《降霊魔法《こうれいまほう》》のスキルレベルが上昇しました』
『《識別》のスキルレベルが上昇しました』
『《インファイト》のスキルレベルが上昇しました』
『《戦闘技能《せんとう》》のスキルレベルが上昇しました』

アドミス聖王国の最南端《さいなんたん》、カミトの街を出て北へと進む。
街道《かいどう》から離《はな》れて少し進んだところ、それまでは出現しなかった魔物が姿を現した。どうやら、街道から離れれば悪魔以外の敵も出現するようになるようだ。

■オーガ
種別：魔物
レベル：45

状態：アクティブ
属性：火
戦闘位置：地上

特に多いのは、３メートル近い巨体の、鬼《おに》のような姿をした魔物だろう。筋骨隆々《りゅうりゅう》とした肉体に、厳《いか》めしい顔つき。剥《む》き出しの牙《きば》は、声を上げておらずともこちらを威嚇《いかく》しているかのようであった。

とにかく暴れ回るこの魔物は、真っ向から相手をするのは中々面倒《めんどう》な相手である。何しろ、かなりレベルの高いＨＰの再生能力を有しているのだ。凌《しの》ぎながら小さなダメージを与《あた》え続けるのでは倒し切れない相手である。対処法としては、急所への攻撃で大きくダメージを与えるか、アリスの使う毒でＨＰの回復能力を阻害《そがい》するかだ。

とにかく短期決戦にしづらい相手であるため、集団で出てくると中々面倒である。しかもこの魔物、たまに配下と思われるゴブリンやらコボルトやらの上位種を引き連れているのだ。流石に矢や魔法《まほう》が飛んでくるのは面倒であるため、その辺りはルミナやセイランに任せていたが、実に厄介《やっかい》な魔物である。

「お、私レベル50行きましたよ」

「私もあと一つね」

だが、中々に経験値は貰えるようだ。ここに来て、緋真《ひさな》もついにレベル50に達し、新たなウェポンスキルとマジックスキルのスキルスロットを取得した。流石にここに入れるスキルにはしばし悩《なや》むことになるだろうし、ここは小休止にするとしよう。

「そう言えばアリス、お前さんさっき武器を買ってたな。第二ウェポンスキルにはそれを入れるのか？」

「ええ。と言っても、ちゃんとしたものは『エレノア商会』で購入するつもりだけど」

そう言いつつ、アリスが取り出したのはクロスボウだ。

魔人族《ダークス》ではあるが、アリスの体格が小さいことは否定できない。大きな武器を扱《あつか》うことはどうしたところで難しいし、今のスキル構成上、ナイフ以外の武器を扱うことは難しいだろう。

だが、弓を使うにしてもアリスは筋力が低く、あまり適しているとは言えない。結果として、クロスボウや銃《じゅう》といった筋力に依存《いそん》しない武器が必要となったのだ。

「だが、銃じゃなくて良かったのか？　あっちの方がいくらか手軽だぞ？」

「それは分かってるんだけど、毒を利用することを考えるとクロスボウじゃないとね」

「ああ……確かに、それはそうだったな」

銃の弾丸《だんがん》に毒を仕込《しこ》むことはできない。ついでに言えば、このゲームにおける銃は魔導《ま》銃と呼ばれる武器であり、魔力《まりょく》の弾丸を撃《う》ち出す武器だ。どうしたところで毒を利用することはできない。となれば、アリスにとっては弓の方が有効だろう。尤も――

「お前さん、クロスボウの巻き上げはできるのか？」

「巻き上げ機の製作も依頼《いらい》したわよ。自動は流石に無理だろうけど」

「ま、そうだな。巻き上げ機さえあればなんとかなるか」

クロスボウの巻き上げには結構な筋力を要する。だが、巻き上げ機がついているのであれば何とかなるだろう。

とはいえ、巻き上げの手間がある以上、あまり連発できる攻撃手段ではない。アリスならば身を隠《かく》しながら巻き上げもできるだろうが、たまに使う程度に考えた方が良いだろう。

「ともあれ……お前さんは弓を選ぶわけか。魔法はどうするんだ？」

「《光魔法》かしらね。身隠しや目くらましの魔法もあるし……それに、複合属性も狙《ねら》えるしね」

「闇《やみ》属性と光属性は……《空間魔法》だったか。まだどんな魔法なのかは聞いたことがないが」

「ま、私も《空間魔法》に使いたい効果があるって訳じゃないけどね。他に取りたいもの

が無いってだけよ」

皮肉気なアリスの言葉に、こちらも肩《かた》を竦《すく》めて苦笑《くしょう》する。俺自身、魔法はあまり使わないが故に、《降霊魔法》などという変わった魔法を取得したのだから。

と――ふと思い出して、俺もウィンドウを操作する。

「そういえば、《降霊魔法》のレベルも上がったんだったな」

「……確か、その魔法って処理が特殊《とくしゅ》なんだったかしら」

「ああ、２レベルごとにポイントが割《わ》り振られる。それで呼び出す霊《れい》を増やすか強化するか選ぶ感じだったか。ま、しばらくは【武具精霊召喚《せいれいしょうかん》】だけを育てるつもりだがな」

配下を呼び出す召喚も便利ではあるが、今はあまり必要だとは思えない。それよりは、餓狼丸《がろうまる》を強化できる【武具精霊召喚】の方が有用だろう。

とりあえず、予定通り【武具精霊召喚】にポイントを注《そそ》ぎ込《こ》みつつ、緋真のレベルアップ処理を待つ。どうやら、あちらも取るスキルを決めたようだ。

「ステータスアップ完了《かんりょう》です。こんな感じですよ」

「別にわざわざ見せんでもいいだろうに」

緋真の差し出してきたウィンドウを、思わず苦笑しつつも覗《のぞ》き込む。そこには、俺の時と同じく様変わりしたステータスが表示されていた。

■アバター名：緋真《ひさな》

■性別：女

■種族：人間族《ヒューマン》

■レベル：50

■ステータス（残りステータスポイント：0）

STR：38

VIT：24

INT：32

MND：24

AGI：20

DEX：20

■スキル

ウェポンスキル：《刀術：Lv.21》

《格闘術：Lv.4》

マジックスキル：《火炎魔法《かえんまほう》：Lv.13》

《強化魔法：Lv.1》

セットスキル：《練闘気：Lv.5》

《スペルエンハンス：Lv.9》

《火属性大強化：Lv.6》

《回復適性：Lv.33》

《識別：Lv.30》

《死点撃ち：Lv.31》

《高位戦闘技能：Lv.6》

《立体走法：Lv.4》

《術理装填《そうてん》：Lv.27》

《ＭＰ自動回復：Lv.27》

《高速詠唱《えいしよう》：Lv.26》

《斬魔の剣《けん》：Lv.10》

《魔力操作：Lv.2》

《遅延魔法《ちえんまほう》：Lv.1》

サブスキル：《採取：Lv.7》

《採掘《さいくつ》：Lv.13》

称号スキル：《緋の剣姫《けんき》》

■現在SP：30

どうやら、今まで通常のスキルとして育ててきた《格闘術》をウェポンスキルに回したようだ。そして、空いたスキル枠《わく》には《遅延魔法》とやらを取得したらしい。

ついでに、マジックスキルには《強化魔法》を取得したようだが――

「……お前、《強化魔法》なんて使うのか？」

「他に取るものもあんまり無かったですからね……私の場合、火以外だと本当に火力出ないので」

「いや、俺が魔法を掛ければいいんじゃないのか？」

「先生、《降霊魔法》のせいでＭＰに余裕無いじゃないですか」

「あー……まあ、確かにそうだな」

【マルチエンチャント】まで組み合わせると、流石に大量のＭＰを消費することになる。他の仲間にまで魔法を掛けることを考えるよりは、緋真自身が自分で強化した方が良いということだろう。

まあ、それ自体は否定できるものではなかったし、有用であるのならば問題は無い。

「で、《遅延魔法》とやらはどんな効果なんだ？」

「詠唱完了《えいしょうかんりょう》した状態の魔法をしばらく留《とど》めておけるスキルですね。私、《術理装填》の関係で、魔法をしばらく待機状態にしておくことがあるので」

「成程《なるほど》な。ま、順当なところか」

今回は、俺のように特殊なスキルを取得できるようなスキルオーブは存在しない。つまり、順当にスキルを取得するしか無いわけであるし、有用なスキルを取得できたのであればいい成長だと言っていいだろう。

次のレベルでアリスも新たなスキルを取得するわけであるし、少々楽しみではあるな。

「ところで先生、さっきのアレですけど……」

「ああ、街道近くにあった村か」

緋真の発した言葉に、小さく嘆息《たんそく》する。

小さな村であったが、あの村は既に廃墟《はいきょ》と化していた。戦闘の痕跡《こんせき》も見受けられたし、悪魔の襲撃《しゅうげき》を受けていたと考えられる。そういうこともあるだろうと覚悟《かくご》していたが、少々気になることはあった。

「どうにも、血の跡《あと》が少なすぎたんだよな。戦いはあったんだろうが……」

「殺されたってわけじゃないの？　悪魔に殺されたら死体は残らないんでしょう？」

「だが、血は残る。皆殺《みなごろ》しにされたとしたら、もっと派手に戦闘の痕跡が残っていてもいい筈だ」

しかし、現実はそうではなかった。それが示すことが何なのかは分からなかったが。

悪魔共が襲撃してきたのであれば、今までの傾向《けいこう》を鑑《かんが》みるに、人間を見逃《みのが》すようなことは無いはずだ。

ただの人間が、悪魔を相手に逃げられるとは思えない。もしも人間を皆殺しにしたのでないとしたら、果たして奴らは何をしたのか。

いくつかの想像はできるが、何にせよロクなことではなさそうだ。

「何にせよ、先に進むしかあるまい。八大都市とやらまで到着すれば、何かしら分かるだろうさ」

「いきなり攻撃するんですか？」

「とりあえずは状況の確認《かくにん》だ。流石に、都市を落とすのにこの人数ではな」

相手がどれほどの戦力であるかもわからず、しかも仮に勝てたとしても維持《いじ》するだけの戦力が存在しない。今は状況だけ確認し、素直に撤退《てったい》するべきであろう。

とにかく確かな情報が欲《ほ》しい。そのためには、己《おのれ》の目で見て確かめることが一番だ。

「よし、終わったなら行くぞ。今日のログアウトまでに、状況だけは確認しておかねばな」

「了解《りょうかい》です」

「荷造りは終わらせてあるから、ある程度ゆっくりでも大丈夫よ」

アリスの言葉に小さく笑《え》みを浮《う》かべつつ、先へと向けて歩き出す。八大都市に辿り着くまでには、まだ少し時間を要するであろう。

第三章　上空の魔物

街からある程度進んだところで、俺たちは空中での移動に切り替《か》えた。

正直アリスは戦いづらいのだが、あまり地上を進んでいても目的地が分かり辛《づら》い。そのため、空中から目的地を発見するために、俺たちは移動方法を空に切り替えたのだ。

無論、空は空で出現する魔物が異なる。空中にいる俺たちを追い回すように姿を現したのは、しかし鳥の魔物ではなかった。

■ダークゴースト
種別：魔物
レベル：45
状態：アクティブ
属性：闇・氷
戦闘位置：空中

■ホーンテッドミスト
種別：魔物
レベル：43
状態：アクティブ
属性：闇
戦闘位置：空中

ダークゴーストは薄布《うすぬの》を纏《まと》った骸骨《がいこつ》のような姿をした、半透明《はんとうめい》の幽霊《ゆうれい》の魔物。そしてホーンテッドミストは白い靄《もや》が顔状になって浮かんでいる奇妙《きみょう》な魔物だ。分類としてはどちらも幽霊、つまりアンデッドの魔物だろう。

確かに、前も悪魔の支配領域ではアンデッドが出現していたこともあったし、こいつらも悪魔共が使役《しえき》している魔物であるということだろう。

厄介なのは——

「数が多いな！」

「これ、流石におかしくありません⁉」

薄く輝《かがや》く俺の野太刀《のだち》とルミナや緋真の魔法が閃《ひらめ》き、ゆらゆらと揺《ゆ》れるホーンテッドミストが一気に散る。だが、このホーンテッドミストたちはかなり数が多いのだ。

空中を埋《う》め尽《つ》くさんばかりに存在するホーンテッドミストは、範囲魔法《はんいまほう》で一気に吹《ふ》き飛ぶものの、その隙間《すきま》を埋めるように他のホーンテッドミスト共が集まってくる。

その合間にいるダークゴースト――この動きを見るに、どうやらあの黒い幽霊がホーンテッドミスト共を操《あやつ》っているようだ。

「――セイラン！」

「ケエエエエッ！」

それを理解し、俺は即座《そくざ》にセイランを加速させる。

風を纏ったセイランは、その力で集まってくるホーンテッドミストを吹き払《はら》い、ダークゴーストまで接近するための道筋を作り上げた。

大きな翼《つばさ》は空を打ち、セイランの体は一気に加速する。それと共に俺は足だけで体を支え、両手で野太刀を掴《つか》みながら前傾姿勢《ぜんけいしせい》で構えた。

「『生奪』……！」

ダークゴーストは骨の腕《うで》を掲《かか》げ、こちらへと向ける。それと共に発生するのは黒い闇の球体だ。弧《こ》を描《えが》くようにこちらへと飛来するその魔法に対し、セイランは細かく体を揺らすように小刻みに左右に動き、その攻撃を紙一重で回避《かいひ》した。

俺の方は体を左右に揺らされるおかげでかなり大変なのだが、それでもその苦労をするだけの価値はあっただろう。俺たちは、攻撃を受けることなくダークゴーストまで接近することができたのだから。

「しッ！」

振るう刃《やいば》が、ゴーストの細い体を薙《な》ぎ払う。殆《ほとん》ど感触《かんしょく》もないが、それでも確かにこの幽霊の体を斬《き》り裂《さ》くことができたようだ。

こいつらは物理攻撃そのもののダメージは通らないようだが、【武具精霊召喚】の効果によって俺の攻撃は魔法としての性質も得ている。それに《練命剣》の効果も乗せれば、体力の少ない幽霊程度、物の数ではない。

こいつらの厄介な点は、ホーンテッドミストを際限なく集めてくることだ。

ホーンテッドミストはある程度の魔法を操る他、接触した相手の体力を奪い取る能力を有しているらしい。接近に気づかず触れられると、こちらの体力を吸収されてしまうのだ。一体だけならばそれほど脅威にはならないが、これだけの数に一気に集られるのは流石に拙《まず》い。

しかし――

「俺《おれ》にはこれしか対処法が無いんだがな……《練命剣》、【命輝《めいき》一陣《いちじん》】！」

集まってきたホーンテッドミストたちを、生命力の刃で薙ぎ払う。接近されないように攻撃を当てるには、これしか方法が無いのだ。

しかし、こいつらからはHPの吸収がやり辛く、こちらの回復手段が限られてしまう。総じて、面倒臭《めんどうくさ》い敵と表現すべき相手だろう。

「クェエエエエッ！」

甲高《かんだか》い叫《さけ》びと共にセイランが雷撃《らいげき》を放ち、【命輝一陣】で残ったホーンテッドミストを消し飛ばす。やはり、こいつら相手には魔法が有効ということだろう。

残念ながら属性が闇であるため、アリスの攻撃はあまり通用しておらず、緋真の背中で不満げにしていたが。レベルが上がったら光魔法を覚えるのであろうし、そこまでは辛抱《しんぼう》して貰《もら》いたいところだ。

（残りは……あと一体か）

視線を巡《めぐ》らせ、ダークゴーストの姿を確認する。白いミスト共の中に一体だけ存在しているため、発見することにはそれほど苦労しないのだ。

思ったよりも数が少なかったが、どうやら相性《あいしょう》的に有利な緋真やルミナが俺よりも多くの敵を片付けていたらしい。

まあ、それならそれでいいだろう。俺としても、あまり楽しい相手というわけでもない。尤《もっと》も——目に入った敵を見逃すつもりも無いのだが。

「《練命剣》——【命輝一陣】」

振るった刃より放たれた黄金の生命力が、ミスト共を消し飛ばしながらゴーストへと迫《せま》る。だが、多くの敵に阻《はば》まれたためか、俺の一撃《いちげき》は目標に届く前に消滅《しょうめつ》してしまった。

しかし、それでもゴーストの姿自体は完全に露呈《ろてい》した。であれば——

「クケェッ！」

セイランの周囲に複数の雷《かみなり》の球体が出現し、ゴーストの方へと向けて発射される。

セイランは以前よりも雷の魔法を多用するようになった印象だ。どうやら、ヴェルンリードとの戦いで何かしら思うところがあったらしい。

撃ち放たれた雷の弾丸は絡み合うような軌道《きどう》を描きながらホーンテッドミストに突《つ》き刺《さ》さり、雷を拡散させてミスト共を文字通り霧散《むさん》させる。

それと共にセイランは強く羽ばたいて加速し——

「《蒐魂剣《しゅうこんけん》》」

左手で小太刀《こだち》を抜《ぬ》き放ちゴーストの放った闇の弾丸を斬り裂く。そして、小太刀はすぐさま納刀して刃を構え直し——

「『生奪』！」

その先にいたダークゴーストを、生命力の刃にて斬り裂く。真っ二つになった幽霊は、そのまま宙に溶《と》けるように消滅し、そこで戦闘は終了《しゅうりょう》した。

『レベルが上がりました。ステータスポイントを割り振ってください』

『《刀術》のスキルレベルが上昇しました』

『《降霊魔法》のスキルレベルが上昇しました』

『《奪命剣《だつめいけん》》のスキルレベルが上昇しました』

『《練命剣》のスキルレベルが上昇しました』

『《テイム》のスキルレベルが上昇しました』

『《HP自動大回復》のスキルレベルが上昇しました』

『《戦闘技能》のスキルレベルが上昇しました』

『テイムモンスター《ルミナ》のレベルが上昇しました』

『テイムモンスター《セイラン》のレベルが上昇しました』

やたらと苦労する羽目になったが、何とか終わったようだ。

小さく溜《た》め息《いき》を吐《は》き出し、野太刀を背中の鞘《さや》に納める。何とも面倒な相手だった。しかも、死体が残らないためか何のアイテムも得られていない。

少なくとも、あれだけの数がいたにもかかわらず何のアイテムも残さなかったホーンテッドミストは、アイテムを持っていないと判断してもいいだろう。

「うーむ……実入りの少ない敵だな」

「経験値効率はかなり良かったですけどねぇ……でもアリスさんには美味《おい》しくない相手でしたか」

「そうなのよね。一応、今のでレベル50になったから光魔法は覚えたけど、まだそれほどダメージは出ないわ」

どうやら、アリスも新たなウェポンスキル、マジックスキルの枠を手に入れたらしい。アリスの場合はサブで育てていたスキルを入れるわけではなく、大幅《おおはば》な強化とはならないが、今後の大きな布石となるだろう。

ともあれ、随分《ずいぶん》と時間を食ってしまった。今の遭遇《そうぐう》が無ければ、南端の八大都市には既《すで》に辿り着いていたかもしれない。

確か――

「スヴィーラ辺境伯《はく》領、アイラムだったたか。方角は合ってるはずだが」

「まだ見えてこないわね」

「空中を移動してるとまたあいつらに遭遇しそうですけど、どうしますか?」

「ふむ……そうだな、今のと戦うのは時間がかかりすぎる。大人しく地上を――」

森になっているが、地上に降りられる場所を探して視線を降ろし――ふと、異様な光景が目に入る。木々の間から見えた、何者かの動く姿。

一瞬《いっしゅん》オーガかと思ったが、その割には随分と小さい。あれは――

「……デーモンナイト、ですかね？」

「いや、それだけじゃない。人間もいるぞ」

地上を歩いていたのは、悪魔《あくま》によって引き連れられた人間たちだった。木々に隠されて見えづらいが、人間の数はそれなりのものだろう。数多《あまた》の人々が、悪魔に引き連れられる形で移動している。

「悪魔が……人間を殺さずに、移動させているの？」

「ヴェルンリードのような、人間を殺さずに何かを行う悪魔がいるってことでしょうか？」

「分からんが……見逃す理由は無い」

少々厄介な場所ではあるが、襲撃することは可能だろう。今殺されていなかったとしても、悪魔の性質上、いずれ殺されてしまう可能性は高い。一刻も早く、彼《かれ》らを救出せねばならないだろう。

……正直、助けた後の問題もあるが、それは後回しだ。

「行くぞ、早急《さっきゅう》にあの悪魔共を片付ける……アリス、先鋒《せんぽう》は任せるぞ」

「了解。さっきはほとんど何もできなかったしね、今度は暴れさせて貰うわ」

攻撃が通じない相手に鬱憤《うっぷん》が溜まっていたのだろう、アリスは見た目にそぐわぬ獰猛《どうもう》な笑みを浮かべて地上の悪魔を睥睨《へいげい》する。やる気になっているようであれば、思う存分暗殺して貰うとしよう。

まだこちらは気づかれていない。であれば——まずは、相手の出鼻を挫《くじ》かなければ。そう胸中で呟《つぶや》いて、俺は小さく笑みを浮かべながら、セイランを旋回《せんかい》させた。

第四章　悪魔による拉致《らち》

悪魔、およびそれに連れられた人々の背後に回り込むように移動し、そのまま気づかれぬように地上に降り立つ。ただし、ルミナとセイランはそのまま上空で待機だ。セイランの巨体《きょたい》は森の中では動きづらいし、ここは伏兵《ふくへい》として上空にいて貰った方が良いだろう。ルミナならばまだ動けなくはないが、ルミナの戦闘は派手だ。戦闘が始まってからならばいいが、今はまだ目立ちたくない。

「それじゃ、行ってくるわね」

「ああ、気付かれたらこちらも介入《かいにゅう》するぞ」

「ええ、よろしく」

特に気負った様子もなく、しかし戦意を昂《たかぶ》らせながらアリスは森の中へと姿を消してゆく。森の中における戦闘は、アリスの独壇場《どくだんじょう》だ。身を隠す場所が多く、薄暗《うすぐら》い森の中は、アリスにとっては非常に有利なフィールドであると言えるだろう。

彼女《かのじょ》はまだ成長武器を解放していないが、《隠密行動《おんみつこうどう》》を発動して察知しづらい状態となっている。その姿は、俺でも視覚で捉《とら》え続けることは難しい。気配自体は消えていないので、追いかけることはできなくはないのだが。

「しかし……結構な数がいますね。悪魔はともかく、現地人が」

「ふむ。無理やり連れて来られていることに間違《まちが》いはなさそうだが……本当にどういう状《じょう》況《きょう》なんだかな」

「ここに来て、変な行動をする悪魔が増えて来ましたよね。まあ、おかげで今この人たちは死んでないわけですけど」

「良かったと取るか、悪かったと取るかは状況次第《しだい》だがな。彼らが今生きているのは幸運だが、他に集められた人間がいるとしたら……その状況次第では、良かったとは口が裂けても言えんな」

木の陰《かげ》に隠れて人々の動きを観察しながら、俺は緋真の言葉に返答する。悪魔共の目的は不明だ。少なくとも、爵位《しゃくい》持ちの悪魔でなければ尋問《じんもん》することもできんし、状況は分からない。

見たところ、この集団の指揮をしているのはデーモンナイトだ。奴《やつ》らは制圧できたとしても、尋問しようとすれば爆発《ばくはつ》して勝手に死んでしまう。情報を得ることは難しいだろう。少しでも情報を手に入れられれば御《おん》の字《じ》といったところだ。

「けど、この悪魔……数が少ないですね？」

「この数の人間を連れ出すには、確かにな。戦闘を行った悪魔は別行動をしている可能性が高いか」

「この人たちを助けるだけなら好都合なんですけどねぇ……」

「どれほどの戦力かは分からんな。まあ、今は仕方あるまい」

彼らを助け易《やす》いというだけで御の字としておこう。

そんな会話をしている間にも、アリスは最後尾《さいこうび》の悪魔に接近したようだ。状況を確認し、問題ないと判断したのだろう、アリスはすぐさま最後尾を歩いていたデーモンナイトの背中に刃を突き立てた。

元より急所に対する攻撃力《こうげきりょく》の高いアリスの一撃だ。多少レベルが高かったとしても、即《そく》死《し》部位を持つデーモンナイトに耐《た》えられるものではない。そのまま声を上げることもできずに崩《くず》れ落ちるデーモンナイト。それに対し、アリスは一瞥《いちべつ》もくれることなく次なる標的へと向けて動き出した。

「相変わらず、いい手際《てぎわ》だな」

「もう次の相手を刺してますよ。このまま気付かれないなら楽なんですけどね」

「さすがに、人々も気づくだろうからな、ざわつき始めれば悪魔共も気づくだろうよ」

最後尾の悪魔はともかく、横合いにいる悪魔を殺せば現地人たちも気づく。実際、横にいた悪魔が突然倒《とつぜんたお》れたことに気づいた人々がざわつき始めているようだ。

仕方のないこととは言え、徐々《じょじょ》に厄介な状況となっていくことだろう。

「移動するぞ、奴らの前を取る……遅《おく》れるなよ」

「了解です」

歩法――間碧《かんぺき》。

木々の間を滑《すべ》るように移動しながら、人々の列を迂回《うかい》する。その間にもアリスは順番に悪魔の心臓を背後から一突《ひとつ》きにしていくが、徐々に敵に察知され始めているようだ。

悪魔共が警戒《けいかい》するように動き始め――けれど、まだアリスの姿は捉えられていない。アリスならばまだ暗殺も可能だろうが、そろそろ動きづらくなってくるころだろう。

であれば――

「仕掛《しか》けるぞ」

「はい、分かりました！」

歩法――烈震《れっしん》。

木々の間から、一気に飛び出す。構える切っ先は、周囲の状況を探《さぐ》ろうと視線を巡らせていたデーモンナイトへと向ける。柔《やわ》らかい地を陥没《かんぼつ》させる勢いで蹴《け》り、即座にデーモンナイトへと肉薄《にくはく》する。

斬法――剛《ごう》の型、穿牙《せんが》。

突き出した切っ先はこちらの姿に気づいたデーモンナイトの喉《のど》へと突き刺さり、首の裏側まで貫通《かんつう》した。驚愕《きょうがく》に目を見開いたデーモンナイトと視線が合い、思わず口角を吊《つ》り上げる。そのまま、抉《えぐ》り抜くように刃を振《ふ》り抜き、首を半ばまで断《た》ち斬られたデーモンナイトは緑の血を撒《ま》き散らしながら枯葉《かれは》の上に崩れ落ちた。

周囲の人々は、突然《とつぜん》の惨劇《さんげき》に悲鳴を上げながら距離《きょり》を取ろうとする。惨殺《ざんさつ》の現場を見せてしまったのは申し訳ないが、今は説明をしている暇《ひま》はない。

「緋真！」

「はいッ！」

俺の姿に気づいた別のデーモンナイトは、こちらに攻撃《こうげき》しようと手を向ける。だが、その瞬間《しゅんかん》に踏《ふ》み込んだ緋真がデーモンナイトの腕を斬り落とし、更《さら》に返す刃がその心臓を貫《つらぬ》いた。相手の出鼻は拙《くじ》たが、これで悪魔共もこちらの存在に気が付いたようだ。

数体は潰《つぶ》せたが、それでもまだデーモンナイトたちは存在する。奴らが魔法を使って暴れ始めるのは危険だ。であれば――

「光の槍《やり》よっ！」

「ケエエエエエエエッ」

上空から飛来した光の槍が悪魔共を貫き、怯《ひる》んだ悪魔共を上空から飛来したセイランが叩《たた》き潰す。突如《とつじょ》として現れたセイランの姿に、周囲は一気に混乱に陥《おちい》った。

距離を置こうと混乱する人々に、それを押《お》し留めようとする悪魔。そうやって混乱する状況の中、水を得た魚のようにアリスは躍動《やくどう》する。

意識を背《そむ》けた悪魔に刃を突き立て、そのまま人々の間をすり抜けるように駆《か》け抜けていた。あちらは任せておけばいいだろう。

後は――

「しッ！」

動き出そうとする悪魔の出鼻を挫くように刃を振るう。相手が爵位悪魔《しゃくいあくま》ならばまだしも、デーモンナイトならば斬ることに苦労はしない。

こちらの攻撃を受け止めようとした刃を下から掬《すく》い上げるように弾《はじ》き、仰《の》け反《ぞ》ったデーモンナイトへと摺《す》り足で一歩を踏み出す。そして、それと共に強く地を踏みしめ、胴《どう》から体を捻《ひね》り刃を振り下ろした。反転した刃はデーモンナイトの体を袈裟《けさ》懸《が》けに斬り裂く。緑の血が噴出《ふんしゅつ》し、木々や枯葉を染め上げて、直後に黒い塵《ちり》となって消滅する。

「《練命剣》――【命輝一陣】！」

悪魔の消滅を見届けることなく、俺は反転しながら刃を振るう。飛び出した生命力の刃は、木の向こう側にいた悪魔を木ごと両断した。そして倒《たお》れてくる木に隠れるようにしながら緋真《ひさな》が走り、こちらへと向かって来ようとする悪魔に横合いから奇襲《きしゅう》を仕掛ける。

後方にいた悪魔たちはアリスによる暗殺と、飛来したルミナの刃によって斬り伏《ふ》せられている。その反対側にいた悪魔はまとめてセイランに蹂躙《じゅうりん》されていることであるし、どうやら問題なく片付けることができたようだ。

「ふぅ……さて」

息を吐き出して刃を降ろし、怯《おび》えた様子で固まっている人々の方へと視線を向ける。状況が掴めていない彼らは、すっかりと怯え切ってしまっているようだ。

まあ、突然襲撃《とつぜんしゅうげき》を仕掛けた訳であるし、そんな反応も仕方のないことではあるだろう。特に、セイランはテイムモンスターとは言え、グリフォンであることに変わりはない。突《とつ》然巨体《ぜんきょたい》を持つ魔物《まもの》が現れれば驚《おどろ》くのも仕方のない話だ。

さて、そうなるとどうやって彼らを落ち着かせたものか。しばし考えて、思いついたのは先ほどの街と同じ方法であった。

「あー……驚かせてすまない。我々は君たちの救助に来た、異邦人《いほうじん》だ。あそこのグリフォンは俺のテイムモンスターだから危険はない」

言いつつ、俺は取り出したアドミナ教の聖印を見せつける。それを目にした瞬間、彼らは大きく目を見開き、それから安堵《あんど》の吐息《といき》を吐き出した。

相変わらず、ここの国の人々はこの聖印に対する信頼度《しんらいど》がちょっとおかしい気がするが……まあいいか。話が通じるのであれば問題はない。

「とりあえず、この場は危険だ。カミトの街まで移動するが……歩けるか？」

「え、ええ……少々遠いですが」

「悪いが、今の所そこ以外に安全な場所を知らないんだ。そこまでは俺たちが護衛する」

彼らの数は百人には満たないが、それでも数十人もの数がいる。この数を護衛するのは難しいが、この場に放置するわけにもいかない。今のところ、あの街以外に安全な場所は発見できていないし、逆戻《ぎゃくもど》りするしかないだろう。

とりあえず、まずは街道《かいどう》に出ねばなるまい。悪魔は出没《しゅつぼつ》するが、それでも敵と出没する確率は大幅に減る。少しでも遭遇戦は減らさねばならないだろう。

「セイラン、上空から見張れ。仕留め切る必要はない、追い払うだけでも十分だ。ルミナ、お前は敵を発見したら俺に知らせろ」

「クェ」

「分かりました、お父様」

俺の言葉に頷《うなず》いたルミナとセイランは、再び上空へ駆け上がる。敵の動きを先に察知出来れば、対応することも可能だろう。

ともあれ、俺は集中は途切《とぎ》れさせぬようにしながら、街道に出るために歩き始めた現地人の青年に声を掛《か》けた。

「それで、一体何があったんだ？　悪魔共が人間を集めて何をしている？」

「いや……我々には分かりません。突如として悪魔が村を襲《おそ》ってきて……応戦した者は皆《みな》殺されました。生き残った我々は、こうして連れ出されて……」

「拉致されていた、と。この方角だと、向かい先はアイラムか」

「恐《おそ》らくは……」

俺の言葉に、青年は眉根《まゆね》を寄せながら首肯《しゅこう》する。

戦った人間は殺しつつも、他の人間は殺さなかった——それ自体は分からなくはないが、悪魔の行動と考えると不自然だ。奴らは人間の存在するエネルギーを得ることが目的のはず。そうである以上、奴らが人間を生かす理由など無いはずだ。

だが現実として、この人々は殺されることなく拉致され、アイラムの街に集められようとしていた。悪魔共は、一体何をしようとしているのか。

（……現状、判断に足る情報は無いか）

まだ悪魔共が何をしようとしていたのかは分からない。だが何にしろ、俺たちにとって都合のいい話ではないだろう。

さっさと思惑《おもわく》を潰してやりたいところではあるが、正直手が足りない。やはり、アルトリウスの協力は必要だろう。

「連絡《れんらく》を入れておくか……さっさとこっちに来てくれればいいんだがな」

アルトリウスはそれなりに多忙《たぼう》だ。ベーディンジアの混乱もまだ収まっていないというのに、果たしてすぐにこちらに合流できるのやら。

俺は小さく溜め息を吐き出して、森の中から抜けるために歩を進める。何はともあれ、まずはこの人々を無事に街まで送り届けなくてはならないのだから。

第五章　聖王国の現状

悪魔共に拉致されていた人々を救出し、街道を通ってカミトの街に帰還《きかん》する。その頃《ころ》にはすっかり日も暮れ、その日のログイン可能時間の限界まで到達《とうたつ》してしまっていた。目標であった八大都市の偵察《ていさつ》も叶《かな》わなかったが、まあそれは仕方ないだろう。たとえある程度の数であったとしても、人々を救出できたことは喜ばしいことだ。

とりあえず、今の状況だけはアルトリウスとエレノアに伝えておき、その日はさっさとログアウトすることとした。

そして、翌日——

「……初めまして、の方が良いのかしら。ちょっと不思議な気分だわ」

「ふむ……まあ、確かに初対面ではあるがな」

久遠《くどう》家の正面玄関《げんかん》、そこに立っている小さな少女——いや女性を前に、思わず苦笑《くしょう》する。

今朝から運《はこ》び込《こ》まれてきた荷物、その主である彼女は、俺の表情を見て同じように苦笑を浮かべてみせた。

「それじゃ、改めまして……初めまして、東雲亜里沙《しののめありさ》です。当主様、本日よりお世話になります」

「ああ、よく来てくれた。歓迎《かんげい》しよう……お前さんにそんな畏《かしこ》まった話し方をされると、ちょいと妙《みょう》な気分だな」

「一応、その辺はしっかりしないとダメでしょう？　貴方《あなた》、一応当主様なんだから」

呆《あき》れたように視線を細めるアリス――いや、亜里沙の言葉には苦笑を返さざるを得ない。

そう言われてしまうと否定はできないのだ。一応、立場としては俺が彼女を雇《やと》っているという形になるのだから。

とはいえ、下位の門下生たちの目がない場所であればそれほど気にする必要も無いだろう。師範代《しはんだい》たちであれば……まあ、あいつらも気にはしないか。

「よし、明日香。部屋に案内してやれ。荷物はもう運び込んであるだろう？」

「はい、了解です。亜里沙さん、こっちですよ」

「ありがとう、お邪魔《じゃま》します」

玄関を上がり、アリスは屋敷《やしき》の奥《おく》へと歩いていく。

それとすれ違《ちが》うようにこちらに向かってきたのは、朝の仕事を終えたらしい蓮司《れんじ》だ。彼は二人に会釈《えしゃく》をしたのち、改めて俺の方へと近づき声を掛けてくる。

「お疲《つか》れ様《さま》です、師範《しはん》。彼女がアリスさんですか」

「こちらでは東雲亜里沙だ。その辺、混同して呼ばんようにな」

「ははは、了解です。気を付けないと間違えそうですがね」

その言葉は否定しきれず、軽く肩《かた》を竦《すく》めて返す。

明日香と緋真についてはは慣れていることもあるし、あまり間違えはしないのだが……亜里沙とアリスは名前も似ているし、背格好は完全に同じだ。髪《かみ》や目の色は違うため、ある程度印象は異なるが、それでもかなり似ている。無意識のうちに間違えて呼んでしまうこともあり得そうだ。

「それで、師範。彼女の仕事はどうしますか？」

「俺が明日香に稽古《けいこ》をつけている間に、希望者だけに行うようにするかね。あまり長時間拘束《こうそく》されるのは困るぞ」

「こちらも、ゲームに入りたい者は多いですからね。そこは承知していますよ」

しかしまぁ、こいつらもすっかり慣れたものだ。

門下生たちのゲーム内での活動は一応報告に聞いてはいるが、中々暴れ回っているようだ。とりあえず、今はまだアルファシアの王都をメインに活動しているようだが、そろそろベーディンジアにも移れることだろう。

一応、こいつらにも次の国——ミリス共和国連邦《れんぽう》のことは伝えてある。恐らく、第二陣《じん》向けのステージになるであろうということ、そして俺と合流するのであればそこをクリアしてからであるということ。

そちらの国のことについては、俺は全く何も知らない。まあ、第一陣のいくらかが向かっているかもしれんし、何かしら情報はあるかもしれんが。

「急ぐことだな。第一陣でも、功を焦《あせ》る連中は向かっているかもしれんぞ」

「だからと言って、我々が焦っても仕方がないですがね。堅実《けんじつ》に強化していきますよ……では、後程《のちほど》。今日は歓迎会《かんげいかい》ですからね」

「新しい状況であるし、やりたいことは多いんだがな……分かってるさ」

ひらひらと手を振り、自室へと向かう。

亜里沙はこれから、この久遠家で暮らすことになる。見た目について色々と言われることもあるかもしれないが、同時にこの家は実力主義だ。虚拍《こはく》を扱《あつか》える彼女ならば、すぐに多くの門下生たちに認められることとなるだろう。

「さてと……こっちはこっちで、どうしたもんかね」

アドミス聖王国での戦いは、まだ全貌《ぜんぼう》が見えていない。

聖王国については、アルトリウスが既に調査に乗り出しているだろうが、果たしてどのような状況になってしまっているのやら。とりあえず、ログインしたら話を聞いてみることとしよう。

＊＊＊＊＊

ログインしたカミトの街では、俺たちが来た時よりも多くの人々の姿が見て取れた。どうやら、俺たちがログアウトしている間に、それなりの数のプレイヤーも流入してきたようだ。見たところ、『キャメロット』や『エレノア商会』以外のプレイヤーもいるらしい。以前の状況であると、この二つのクランのメンバーばかりが移動しているという事態になっていたが……どうやら、今回は満遍《まんべん》なく移動してきたようだ。色々と不安はあったが、これだけのプレイヤーが入ってきたのであれば、カミトの街の防衛には十分だろう。

「クオンさん、どうも」

「っと……アルトリウスか。お前も来たんだな」

「ベーディンジアでやりたいこともありましたが、こちらは緊急《きんきゅう》事態のようでしたからね。

急いできた次第《しだい》ですよ」

俺が入ってくるのを待ち構えていたのだろう。『キャメロット』のメンバーと話していたらしいアルトリウスは、俺の姿を認めてこちらに近づいてきた。

昨日の今日であるし、ベーディンジアの復興はまだまだ進んでいない状況だろう。だが、悪魔によって人々が拉致されているという現状は、アルトリウスには看過できないものであったらしい。

「だから、他のプレイヤーも焚《た》きつけたのか？」

「大したことはしていませんよ。また、クオンさんが先行してイベントを発生させるのでは、と噂《うわさ》が流れただけです」

「噂を流したの間違いだろうに」

苦笑し、肩を竦める。どうやら、今回も俺が進みすぎてワールドクエストを発生させたことを危惧《きぐ》されてしまっているようだ。まあ、前回色々と先走ってしまい、戦力が揃《そろ》わない内にクエストを発生させてしまったことは事実であるが。

そんな会話をしている内に、緋真とアリスもログインしてくる。アリスもうちで住み始めたため、時間を合わせるのもやり易くなったものだ。

ちなみにだが、彼女の部屋としてあてがわれた場所は明日香の部屋の隣《となり》である。

「さてと……で、どんな状況なんだ？」

テイムモンスターたちを呼び出しつつ、改めてアルトリウスに問いかける。

対し、アルトリウスは視線を細め、深刻そうな表情で声を上げた。

「正直なところ、まだ正確な所は分かりません。ですが、この街より北が悪魔に占拠《せんきょ》されている可能性は高いでしょう」

「国全土が、か？」

「ええ、非常に拙い状況です。この国は、既に滅《ほろ》んでいるといっても過言ではない」

その言葉に、目を細める。

正直、受け入れがたい言葉ではあったが、それを否定することはできないだろう。国のほぼ大半を落とされ、無事な場所はこの街程度しか見つかっていない。更に遠くまで行けば見つかるかもしれないが、正直あまり期待できるものではないだろう。

「文字通り首の皮一枚、といったところですが……首の皮だけで繋《つな》がっていたとしても、首が切られていることに変わりはない。この国が致命傷《ちめいしょう》を受けていることは、否定しきれない事実でしょう」

己《おのれ》の手で首筋をとんとんと叩きながら、アルトリウスはそう口にする。ある種、現状を皮肉ったような言葉だろう。

　だが、それを否定したところで何も解決はすまい。まずはどうにかして現在の情報を集め、悪魔に対する反撃《はんげき》の手を打たねばならないのだ。

「で、悪魔共の動きはどうなってる？」

「クオンさんから聞いていた、人間を拉致する悪魔については確認《かくにん》できませんでした。しかし……」

「……何かあったのか？」

　口籠《くちごも》るアルトリウスに、眉根を寄せてそう問いかける。どうにも、あまり良い状況ではなさそうだな。俺の問いに対し、アルトリウスは小さく嘆息《たんそく》して声を上げた。

「飛行騎獣《きじゅう》を利用して、アイラムに向かった斥候《せっこう》から報告がありました。アイラムでは、悪魔が人間を奴隷《どれい》のように扱っていたと」

「悪魔が、人間を……？　殺さずに、奴隷として？」

「ええ。全く殺していない、というわけではなかったようですが……全ての人間を無条件に殺していたわけではないようです」

「ヴェルンリードのような、上位の悪魔の趣味《しゅみ》か？」

「分かりません。ですが、一つだけ言えることは……今であれば、救える人間がいるということです」

そう口にするアルトリウスの視線は、真っすぐと俺の瞳《ひとみ》を射貫《いぬ》いている。成程《なるほど》、つまりは――いつもと同じであるということだろう。

悪魔がいて、人間を食い物にしている。であれば――

「何を企《たくら》んでいるのかは分からんが、要は悪魔を斬《き》ればいいってことだろ。なら、話は単純だ。何か作戦はあるのか？」

「状況を掴《つか》み切れてはいないので、作戦はまだ立案中です。しかし、攻撃を仕掛けることについては既に通達済みですよ」

「プレイヤーの集まり待ちって所か」

現状、この街には多くのプレイヤーが集まってきている。騎獣を利用して移動すれば、アイラムまでそれほど時間を掛けずに到達できることだろう。

さて、どのようにして悪魔を斬るのか――その辺りはアルトリウスに期待することとしよう。

「こちらも準備しておく。声掛けは任せるぞ」

「ええ、了解《りょうかい》です。それでは……一時間後辺りでよろしいですか？」

「構わんが、それだけで準備できるのか？」

「ええ、大丈夫《だいじょうぶ》ですよ。僕《ぼく》も、すぐにでも取り掛かりたいものでしたからね」

どうやら、あらかじめ準備は進めていたようだ。そんなアルトリウスの言葉に小さく笑い、踵《きびす》を返す。

さあ、この国における緒戦《しょせん》だ。悪魔共の鼻《はな》っ柱《ぱしら》をへし折ってやることとしよう。

第六章　アイラム襲撃計画

宣言通り一時間で準備を終えたアルトリウスは、早速《さっそく》アイラムへの行軍を開始した。と言っても、今回は『キャメロット』や『エレノア商会』に限った編成ではない。『剣聖《けんせい》連合』のメンバーやクランに属さぬプレイヤーも混じっており、まさに混成軍といった様相だ。

あまり見ない組み合わせをセイランの背中の上で眺《なが》めつつ、俺《おれ》は隣を進むアルトリウスへと問いかける。

「この状況、お前さんでも御《ぎょ》しきれるもんじゃないだろう。どうするつもりだ？」

「まあ、確かに指示を聞いて貰《もら》える面子じゃありませんね」

俺の問いに対し、アルトリウスは苦笑交じりにそう声を上げた。

『キャメロット』のメンバーのみならばまだしも、今回は功を競《きそ》い合う者たちが多い。こうなると、最大効率で動くことは不可能だろう。同盟のみで動けば細かな指示を出すことも可能だろうが、それは期待するべくもない。

「仕方ありませんよ。あまり、僕たちだけでイベントを独占《どくせん》するべきではない。厄介《やっかい》なことになりますからね」

「人付き合いか。面倒《めんどう》なことだ……だが、実際問題どうする？　ある程度の協力ならばまだしも、ロクに指示は聞かんだろう」

「ええ、反発してくるような人たちもいるでしょうからね」

言いつつ、アルトリウスはちらりと視線を横に向ける。そちらにいるのは、どうやら『クリフォトゲート』の連中のようだ。

一応、レベルは十分に高く、きちんと自分たちの実力でマウンテンゴーレムを打倒《だとう》してきたようだが……確かに、あいつらがアルトリウスの指示を聞くとは思えない。扱いに困る連中だ。

だが、アルトリウスはそれでもどうということはないとばかりに笑《え》みを浮《う》かべ、続ける。

「ですが、元よりそこまでして貰おうとは思っていませんよ。今回は、それぞれが動いて貰う形で問題ありませんから」

「……そうなのか？」

「まず、都市の奪還《だっかん》については、ワールドクエストではありませんがクエストとして提示されています。クオンさんも請《う》けましたよね？」

「ああ、教会で確認しとけと言われたからな」

アルトリウスが準備を行っている間、俺たちは彼の助言に従い、現地人から提示されるクエストとやらを確認してきた。どうやら、俺が悪魔に拉致された人々を連れて来たことから発生したクエストらしく、内容は悪魔に囚《とら》われた人々を救出してくるというものだ。

このクエストを発注したのは救い出された人々と、彼らを保護した教会である。人々を救出し、教会に保護させた分だけパーティに報酬《ほうしゅう》が配布される。それが、このクエストの内容だ。

尤《もっと》も、俺たちの場合、既《すで》にこのクエストをクリアした扱いになっていたのだが。

「今回の戦いで最も重要、かつ厄介な点は、アイラムに悪魔と人間が混在していることです。最悪、囚われた現地人の人々が人質《ひとじち》にされる可能性も否定できません」

「……あの連中に、悪魔より現地人を優先させるってことか？」

「今回は、悪魔を狩《か》るよりその方が実入りが良い、そういう状況です。一パーティ当たりの人数制限もありますし、無理して人々を集めるという動きも少ないでしょう」

つまり、あのクエストそのものが抑止力《よくしりょく》になるということか。だが、それだけで上手《うま》いこと動かすことができるだろうか。

そんな俺の考えを読み取ったのだろう、アルトリウスは小さく笑いながら声を上げる。

「ペガサスを配備した高玉さんの部隊に、上空からの観測手の仕事を果たして貰います。

敵の動き、そして人々の位置、その辺りの情報をリアルタイムで掲示板《けいじばん》に流していきますので」

「おい、それは……」

「確かに、皆さんの動きの制御《せいぎょ》はできません。しかし、ある程度動きを操《あやつ》ることは可能です。皆さんには効率よく攻略《こうりゃく》をして貰い、その戦果を得て貰う。それだけでいいんです」

爽《さわ》やかな表情でそのような言葉を吐《は》くアルトリウスに、思わず戦慄《せんりつ》する。どうやらこの男、情報とエサで他のプレイヤーを無自覚な配下として扱うつもりのようだ。

彼《かれ》らは存分に戦果を挙げて満足し、アルトリウス自身は求めていた結果を得る。他のプレイヤーの不満解消まで含《ふく》めた、一石二鳥の作戦ということだろう。

無論、難易度は高いだろうが……アルトリウスならば、それを成《な》し遂《と》げることだろう。

「……やることは分かった。で、俺には何をさせるつもりだ？」

「いつも通りですよ。クオンさんは悪魔《あくま》を斬って下さい――現地人保護の報酬は、もう受け取っていますしね」

確かに、俺たちは既にこのクエストをクリアしている。報酬として教会専用の装備やらアイテムやらを手に入れたが、基本あまり使うものではないのでお蔵《くら》入りだった。

ともあれ、そういう状況であるため、確かに俺たちは現地人の救助に動く意義は薄《うす》い。

ということは——

「あの街を支配している悪魔のボス格を、爵位悪魔を狙《ねら》えということか」

「そうなります。正直、どのような悪魔がいるかは分かりませんが……」

「構わんさ、その方が性に合ってるしな」

場所が場所だ、伯爵《はくしやく》級の悪魔が存在している可能性もあるだろう。だが、そんな悪魔がいる中で救出活動を行う場合、誰《だれ》かしらが囮《おとり》になる必要がある。それに適任であるのは、間違いなく俺だ。

こちらとしても、その仕事は望むところだ。強い悪魔がいるならば、是非《ぜひ》斬《き》ってみたい。

「爵位悪魔を見つけたら連絡を頼《たの》む。伯爵級だったら、流石《さすが》に一人で殺し切るのは難しいが……子爵《ししやく》級までだったら片付けてやるさ」

「ええ、お願いします。さあ、見えてきましたよ」

視線を上げれば、巨大《きよだい》な都市の外壁《がいへき》が目に入る。

あれが南端《なんたん》の領地の領都であるアイラムか。先日はここまで接近することはできなかったが、成程確かに大きな都市だ。ベーディンジアの王都には及《およ》ばないが、ベルゲンにも近い規模があることだろう。

尤も、ベルゲンは要塞《ようさい》都市であり、防衛設備を含めた上でのあの規模だ。こちらはそこまで戦闘《せんとう》を見越《みこ》した形にはなっていない――と言うより、ほぼ戦争を目的とした形状はしていない様子だ。

重要な都市であるというのにそこまで無防備な様子であることは解《げ》せないが、今回攻《せ》める上では好都合だろう。あの様子ならば、容易《たやす》く外壁を突破《とっぱ》できるはずだ。いくつか、外壁が崩れている場所も見受けられるしな。

「よし……俺たちは先に行かせて貰うが、構わんか？」

「ええ、どうぞ。こちらも焚きつけますので」

「フン、いい性格をしていることだ。よし、行くぞお前ら！」

アルトリウスの言葉に頷き、合図を送る。

アリスと話していた緋真、そして上空を飛行していたルミナがそれに反応し、移動の準備を開始する。その様子を確認し、俺はすぐさまセイランに合図を送った。

俺の指示を受けて力強く地を蹴ったセイランは、翼《つばさ》を羽ばたかせてあっという間に空中へと駆け上がる。風が頬《ほお》を撫《な》でていく中、開けた視界に映るのは、荒廃《こうはい》した都市の様相だ。

「……酷《ひど》いですね。ベルゲンほどじゃないですけど……」

「あれはヴェルンリードが暴れたからだがな。こちらは、必要以上の破《は》壊《かい》はしていないようにも見える」

外壁が一部破壊され、内部の建物も倒壊《とうかい》している様子が見受けられる。だが、それでも壊《こわ》れている建物の数はそれほど多くはない。生活の痕跡《こんせき》も、ある程度は見受けられる状《じょう》況《きょう》だ。尤も——街中を闊歩《かっぽ》しているのは、人間ではなく悪魔共であるようだったが。

「チッ……」

舌打ちを零《こぼ》し、悪魔共を睨《にら》みつける。だが、奴《やつ》らは俺が狙うべき獲物《えもの》ではない。探すべきはもっと大物——街の奥にいるであろう、爵位悪魔だ。

眼下に広がる光景には、悪魔だけではなく、確かに人間の姿も見受けられる。

話に聞いていただけでは正直あまり信じられなかったが、悪魔共は確かに人間を殺さずに支配しているようだ。尤も、一部血痕《けっこん》が見て取れることから、全く殺されていないというわけでもなさそうだが。

「悪魔共め、何を企んでやがる……？」

未《いま》だ、悪魔共の意図は掴めない。何故《なぜ》、人間を殺さずに置いているのか。

奴らは労働力など必要としないであろう。それだけならレッサーデーモンにでもさせた方がよほど効率的だ。

こうして上空から見る限りでは、人々は悪魔に怯えた様子ではあるものの、ある程度普通の生活を送っているようだ。ますます理解不能であるが……とりあえず、救出できる人々の数は多そうだ。

と――

「っ、先生、あそこ！」

「どこだ、何があった？」

突如として、緋真が若干焦《じゃっかんあせ》った様子で声を上げる。その様子に眉根を寄せつつ、指差す方向へと視線を向ければ、そこには妙な光景が広がっていた。

そこに設置されていたのは、木で作られた台座――遠目から見れば舞台《ぶたい》のような代物《しろもの》だ。その上に立っていたのは悪魔と、それに相対する人間。

悪魔と相対したその男は、剣《けん》を手に挑《いど》みかかろうとしている。だが、その構えは随分《ずいぶん》と逃《に》げ腰《ごし》で、武器の扱いに慣れていないことが見て取れた。剣闘奴隷の真似事《まねごと》か、或《ある》いはただの公開処刑《しょけい》か。何にせよ、碌《ろく》なものでないことは確かだ。

であれば――

「セイランッ！」

「ケエェッ！」

俺の命令に従い、セイランは一気に急降下する。その背の上で、俺は鐙《あぶみ》から足を外して膝《ひざ》立ちになり――セイランが悪魔に体当たりを決めた瞬間、その背を蹴《け》って勢いを殺し、舞台の上に体を回転させながら着地した。

そして、餓狼丸《がろうまる》を抜《ぬ》きながら立ち上がり、宣言するように告げる。

「――さあ来い、悪魔共。貴様らの下らぬ企みと同じだけ、その首を並べてやろう」

「ガアアアアアアアアアアアアアアアアッ！」

「しッ！」

巨体《きょたい》を持つレッサーデーモンが拳《こぶし》を振《ふ》り上げ――それを振り下ろすよりも早く、俺はその悪魔へと肉薄《にくはく》する。恐らく、警備か何かのつもりだったのだろう。大型のレッサーデーモンは、確かに見た目の威圧《いあつ》感はかなりのものだ。

とはいえ、俺にとっては慣れた相手。魔法《まほう》で強化済みの武器であれば、容易くその肉を貫《つらぬ》くことができる。下から掬い上げるように、肋骨《ろっこつ》の下から心臓を穿《うが》ち、抉《えぐ》る。それだけで大量の血を噴出した悪魔は前のめりに倒れる。

その下から逃《のが》れるように移動し、俺はそのまま傍《そば》にいたデーモンへと刃《やいば》を振るった。

「『生奪』！」

「ガ……ッ⁉」

レッサーデーモンの巨体で見えていなかったのだろう。俺の動きに反応しきれなかったらしいデーモンは、その身を肩口《かたぐち》から斬り裂《さ》かれて倒れ伏《ふく》した。

そこまできて、ようやく状況を理解したのだろう。遠巻きに立っていたデーモンナイトが反応する。剣を抜き放ったデーモンナイトは、驚愕《きょうがく》を滲《にじ》ませた声を上げながらこちらへと駆《か》け寄ってきた。

「何をいきなり……邪魔《じゃま》立《だ》てするか、人間！」

「無論。貴様らの好きになどさせるものか」

歩法――烈震《れっしん》。

緋真たちが降下してきた気配を感じながら、ただ前へ。剣を抜いたデーモンナイトへと肉薄し、咄嗟《とっさ》に反応してきた悪魔の刃にこちらの刃を合わせる。

斬法――柔《じゅう》の型、流水《りゅうすい》。

攻撃《こうげき》を受け流されたデーモンナイトは、体を泳がせ態勢を崩《くず》す。そのまま脇構《わきがま》えに構えた刃を、俺は前へと進み出ながら振り抜いた。

「『生奪』」

脇腹《わきばら》を半ばまで裂かれ、デーモンナイトは血を噴出《ふんしゅつ》させながらその体勢を崩す。左足で踏《ふ》み込んでいた俺は即座《そくざ》に反転し、悪魔の背中を深く斬り裂いた。

夥《おびただ》しい量の血を流し、デーモンナイトは倒れ伏す。だが、俺はそれには頓着《とんちゃく》せず、踏み潰《つぶ》しながら前へと進み、壇上《だんじょう》から飛び降りた。

斬法――柔の型、襲牙《しゅうが》。

そのまま、下にいた悪魔へと刃を振り下ろし、その肩口から刃を突《つ》き入れる。体内を蹂《じゅう》躙《りん》しながら押《お》し潰すように着地して、餓狼丸の柄《つか》を握《にぎ》り直して一閃《いっせん》。悪魔の体をまるで鞘《さや》に見立てたかのような居合の一撃《いちげき》は、目の前にいたもう一体の悪魔を股下《またした》から肩口まで斬り裂いた。

汚《けが》らわしい緑の血が付着した餓狼丸を振るって血を払《はら》い落とし、袖口《そでぐち》で刃を拭《ぬぐ》う。

――その瞬間《しゅんかん》、唐突《とうとつ》に周囲から歓声《かんせい》が上がった。

「助けだ！　助けが来たぞ！」

「その悪魔たちを殺してッ、早く！」

さて、あまり騒《さわ》いで欲《ほ》しくはなかったのだが、この状況では仕方あるまい。悪魔に支配され絶望していた状況に、降って湧《わ》いた救いだ。これで興奮するなという方が無理な相談であろう。

とりあえずは、この広場を確保しなくてはならない。人々を比《ひ》較的《かくてき》安全な場所に固めることが優先だ。

「助かりたければ壇上に集まれ！」

今の所周りにいる悪魔が雑魚《ざこ》ばかりであるとはいえ、余裕《よゆう》はあまりない。まずは、目に届く限りの悪魔を片付けなければ。悪魔の姿が消えた壇上へと人々を誘導《ゆうどう》しながら、こちらはその流れを止めようとする悪魔へと襲い掛かる。

斬法――剛《ごう》の型、穿牙《せんが》。

突き出した餓狼丸の切っ先はデーモンの背から心臓を貫く。そのまま刀の峰《みね》を篭手《こて》で押し上げて肉を抉り、そのまま振り抜くように斬り裂く。急所を徹底的《てっていてき》に破壊された悪魔はそのまま前に倒《たお》れ、黒い塵《ちり》となって消滅《しょうめつ》した。

頬に着いた血は拭い取り、呆気《あっけ》に取られている人々からは背を向けて悪魔の様子を観察する。緋真《ひさな》たちが上手く動いているおかげで、この舞台の周囲にいた人々は何とかなりそうだが――

「チッ……！」

遠くからこちらに走ってくる人々、彼らについては扱いが難しい。流石に、この距離《きょり》では悪魔の攻撃が届く方が速いだろう。

そんな危惧は、今現実の光景になろうとしている。こちらへと走ってきている子供――悪魔の手は、今にも二人の子供に届こうとしていたのだ。

その姿を目にして、俺は舌打ちと共に刃を鞘に納める。

「《練命剣》、【命輝一陣《めいきいちじん》】ッ！」

斬法——剛の型、迅雷《じんらい》。

体を捻《ひね》り、撃《う》ち出す様に放った居合の一閃。その神速の刃と共に繰《く》り出された生命力の刃が、子供の頭の上を飛び越《こ》して悪魔の首を断《た》ち斬った。

何度か使用していて判明した事実であるが、どうやら【命輝一陣】は刃を振るう勢いがその威力《いりょく》や速度に影響《えいきょう》するらしい。であれば、俺にとって最速に近い一撃である迅雷であれば、凄《すさ》まじい速さで飛ばすことも可能であるということだ。

背後で何が起こったのかも理解できていない子供は、そのまま俺の横を通り抜けて舞台の方へと走っていく。無事な姿に僅《わず》かながらに安堵《あんど》して——接近してくる強い殺気に、餓狼丸を構え直した。

「オオオオオオオッ！」

「……！」

こちらへと駆けてくるのは、巨大な戦斧《おの》を持ったドレッドヘアーの男だ。感じ取れる禍々《まがまが》しい気配から、奴が悪魔であることは窺《うかが》える。その保有する魔力《まりょく》が、非常に強力なものであるということも。

斧の男は俺の姿を認めると、大きく跳躍《ちょうやく》し、火を噴《ふ》き上げる斧を俺へと向けて振り下ろしてくる。小さく舌打ちしながらバックステップして距離を取り、その一瞬《いっしゅん》後。俺が居た場所へと叩《たた》き付けられた斧は、地面を破壊しながら巨大な炎《ほのお》を噴き上げた。

「何をしてやがる、人間風情《ふぜい》がァッ！」

「こちらの台詞《せりふ》だクソ悪魔。人間を集めて、一体何をやってやがる」

餓狼丸を霞《かすみ》の構えに、切っ先を相手へと向けながら問いかける。対する大柄《おおがら》な悪魔は、厳《いか》つい様相を苛立《いらだ》ちに歪《ゆが》めながら声を上げた。

「俺が知るかよ、クソが！　一気に人間を殺すなっつーお達しだよ！」

「何だと……？」

「ったく、気に入らねぇ……憂《う》さ晴《ば》らしをさせて貰うぞ、人間ッ！」

話は良く分からないが、どうやらこの悪魔には上役がいるようだ。それがこの国を攻撃した悪魔共の首魁《しゅかい》なのか、それはまだ分からないが……何にせよ、警戒《けいかい》せざるを得ない。だが、今は目の前の悪魔だ。視線を細め、相手の動き全体に意識を集中させながら、僅かに重心を落とす。

「子爵級二六位、グレイガー。テメェを叩き潰す！」

「やってみろ。できるものならな」

「抜かせッ！」

グレイガーと名乗った悪魔は、斧を肩に担《かつ》いで構える。その様を見つめ、俺は整息して意識を集中させた。相手は子爵級、その上順位も高い。伯爵ほどでないとはいえ、決して油断できない相手だろう。

グレイガーは動かぬ俺に痺《しび》れを切らしたか、斧を担いだまま俺へと突撃《とつげき》してくる。炎を纏《まと》って振り下ろされる斧は、非常に高い威力であることが予想できるものだ。受けることは難しいし、直撃《ちょくげき》を受ければそれだけで死に直結する。

であれば——

歩法——縮地《しゅくち》。

「ッ!?」

「遅《おそ》い」

奴が斧を振り下ろすよりも速く、その懐《ふところ》へと肉薄する。そのまま相手の顔面へと向けて突き出した刃に、グレイガーは即座に反応して首を傾《かたむ》ける。大した反応速度だ。どうやら、実力はかなりのものであるらしい。

グレイガーは、接近した俺に対し反射的に斧を振り下ろす。この距離では柄で打ち付ける程度にしか攻撃できないだろうが、それでもこの膂力《りょりょく》相手では油断できないだろう。

故に——その一撃は受け流す。

打法――流転《るてん》。

振り下ろしてきた攻撃の腕《うで》を左の肘《ひじ》で受けつつ体を回転させ、右手で相手の腕を掴み、背を支点にして投げ飛ばす。そして背中から地面に叩き付けられた悪魔へ、切っ先を突き出しその身を貫こうとするが、相手は即座に反応して転がり、俺の刃を回避《かいひ》した。

そのままグレイガーは起き上がる勢いで斧を振るい、俺の足首を狙う。対し、俺は前に跳躍して斧を躱《かわ》しつつ、相手の肩を踏んで頭上へと跳躍する。

斬法――剛の型、天落《てんらく》。

前屈《まえかが》みになった相手の背へと向け、餓狼丸の切っ先を振り下ろす。だが、グレイガーは即座に前転し、俺の一撃を回避してみせた。

敵ながら、かなり反応速度が良い。まさか、ここまでの攻撃を全て回避されるとは。

「成程……子爵級というだけはある。大したものだ」

「テメェ……ただの人間じゃねぇな」

「ただもクソもあるか。人間は人間だ、それ以上も以下もあるかよ」

「ハッ……そんな苦い表情して言うセリフかよ」

その言葉には反応を返さず、静かに意識を集中させる。

大雑把《おおざっぱ》そうな性格をしている割に、かなり細かい反応を見せてくる。こいつを攻撃するのに、雑な攻撃では届かないだろう。厄介なことであるが、完全に崩さない限りとどめを刺《さ》すことは難しい。もう少し、相手の動きを観察しなければならないか。

緋真たちはこの悪魔の相手を完全に俺に任せ、他の悪魔の駆逐《くちく》と住民の保護を優先しているようだ。こちらとしても、その方が助かる。この悪魔が相手では、他に意識を向けている余裕はない。他の悪魔共のことは任せ、俺はこいつに集中することとしよう。

（しかし……厄介だな）

グレイガーは、再び俺へと接近して斧を振り下ろしてくる。その熱を肌《はだ》で感じながら、俺は一歩前へと踏み出し、その一撃に刃を絡《から》めた。

斬法――柔の型、流水《りゅうすい》。

炎を噴き上げる斧を受け流しつつ、前へと進み出る。奴の左側を抜けるように刃を滑《すべ》らせれば、防具の隙間《すきま》を縫《ぬ》って脇腹に浅い傷を負わせることが可能だ。

だが、これだけでは大したダメージにはならない。事実として、ＨＰも殆《ほとん》ど減っていない状態だ。

（攻撃力《こうげきりょく》、防御力《ぼうぎょりょく》共に高い。こうしてカウンターで当てる分には反応しきれんようだが）

普通《ふつう》に斬ろうとしても反応されてしまうのは厄介だ。特に、溜《た》めや隙《すき》の大きい剛の型の術理の一部は、こいつ相手には相性《あいしょう》が悪いだろう。

であれば、いかにしてこいつを崩すか。あまり時間をかけている余裕もない。余計なことは考えず、有効な手だけを打っていくこととしよう。

反応の良い相手と戦うことは時折ある。

普段《ふだん》戦っている相手で言えば修蔵《しゅうぞう》がそれに該当《がいとう》する。奴は動物じみた勘《かん》でこちらの攻撃を回避してくることが多い。また、それ以外で言えばあのクソジジイもそれに該当するだろう。クソジジイの反応速度は人外じみており、本気で攻撃を繰り出してもあっさりと回避してみせることが多い。

そして、このグレイガーという悪魔の反応速度は、ジジイほどではないにしろ修蔵のそれに近いものがあるだろう。つまり、最初からそういうものであると理解した上で対処すれば、やりようはあるということだ。

「オオオオッ！」

「『生奪』ッ！」

炎を噴き上げ、襲《おそ》い掛《か》かってくる巨大な斧。俺を真っ二つに断ち割《わ》ろうとするかのような一撃に対し、しかし恐《おそ》れることなく前へと足を踏み出す。

相手が前に進む勢い、そして俺が踏み出す勢いと剣閃のスピード。放つのは、それらを合わせた威力を叩き付ける、カウンターの一閃だ。

斬法――剛の型、刹火《せっか》。

煌《きら》めく火花のような鋭《するど》き一閃は、グレイガーの脇腹を斬り裂くが、あまり深い傷であるとは言えない。どうやら、今の瞬間にも咄嗟に反応して体をずらしていたようだ。

だが、回避のための無理な動きが祟《たた》って、奴はバランスを崩している。

であれば――

「『生奪』」

斬法――剛の型、輪旋《りんせん》。

大きく旋回《せんかい》させた上で、上から叩き付けるような一閃を放つ。だが、グレイガーはこれに反応し、無理やり反転しながら斧を盾《たて》にするように構えて俺の一撃を受け止めた。

無論、この一撃は剛の型の中でも隙の大きい部類であり、コイツに当てられるとも思っていない。受け止められた瞬間、俺は柄に当たった餓狼丸を跳《は》ね上げ、大上段に構え直す。

斬法――剛の型、中天《ちゅうてん》。

一歩踏み込《こ》み、地を踏みしめ、全力で刃を振り下ろす。何の小細工もない、ただ全力で相手を叩き潰すための一閃だ。

その一撃を受け、悪魔の膝が崩れる。ならば、このまま叩き潰させて貰うとしよう。

斬法――剛の型、中天・刃重《はがさね》。

相手の体勢が崩れている間に、再び跳ね上げた刃を振り下ろす。既に膝が崩れていたグレイガーは、その重さに耐《た》えかねて地に膝を突《つ》くことになった。

「《練命剣》、【命輝閃《めいきせん》】！」

斬法――剛の型、白輝《びゃつき》。

そして、最後に叩き付けたのは純粋《じゅんすい》な破壊力《はかいりょく》を突き詰《つ》めた一閃。神速の速太刀《はやだち》は、グレイガーの持つ斧の柄へと食《く》い込み――それを、容赦《ようしゃ》なく断ち切る。斧による防御《ぼうぎょ》を突破した餓狼丸は悪魔の肩口に吸《す》い込まれ、その身を容赦なく袈裟懸《けさが》けに斬り裂いた。

「が……ッ⁉」

だが驚《おどろ》いたことに、グレイガーは咄嗟に体を後ろへと傾け、致命傷《ちめいしょう》を避《さ》けてみせた。まさか、今の一瞬でこの一撃に対処してみせるとは。

俺はすぐさま逆巻で追撃《ついげき》を仕掛《しか》けようとするが、それよりも速くグレイガーの魔力が膨《ふく》れ上がる。舌打ちし、俺は即座に刃の狙いを切り替《か》えた。

「《蒐魂剣》ッ！」

直後、目の前で爆発《ばくはつ》が巻き起こる。こちらへと迫《せま》る爆炎に、俺は即座に蒼《あお》く輝《かがや》く刃を振るい、その炎を斬り裂いた。

だが、その炎の勢いに乗って、グレイガーは後方へと移動している。どうやら、自分を巻き込んで魔法を使うことにより、強制的に距離を取ったようだ。

だが、相手は武器を失い、ダメージを負っている状態だ。今畳《たた》み掛けなければなるまい。

歩法——烈震《れっしん》。

前傾《ぜんけい》姿勢で敵へと突撃する。

反応の良い相手に対しては、呼吸を整える暇《ひま》を与《あた》えないことが重要だ。グレイガーは接近してくる俺に対して舌打ちし、炎の壁《かべ》を展開する。だが甘《あま》い、その程度で止められるほど甘くはないのだ。

「《蒐魂剣》、【因果応報】！」

振り下ろした一閃が炎の壁を消し去り、その全てを刀身に纏う。振り下ろした刃を反転、脇構えにした刃を構えて篭手を膝で蹴り上げる。

斬法——剛の型、鐘楼《しょうろう》。

神速の振り上げに、グレイガーは体を仰《の》け反《ぞ》らせて回避する。だが、まだ終わりではない。反射的に持ち上げられている腕を目がけ、俺は一歩踏み込んで刃を振り下ろした。

斬法——剛の型、鐘楼・失墜《しっつい》。

振り下ろした一閃が、悪魔の右腕《みぎうで》を斬《き》り飛ばす。辛《かろ》うじて持っていた斧の残骸《ざんがい》も吹《ふ》き飛ばし、残るは奴の体一つのみ。グレイガーは、それでも強大な魔力を左手に集中し、こちらに叩き付けようと振り上げる。

ここまで追い込まれてもなお諦《あきら》めないか。だが――

「――ここまでだ」

歩法・奥伝《おくでん》――虚拍《こはく》・先陣《せんじん》。

相手の攻撃が振り下ろされる直前、その意識の空白へと足を踏み込む。グレイガーの視界から消え去った俺は、その脇へと回り込みながら刃を構え――

「《練命剣》、【命輝閃】」

振るった刃がグレイガーの首に食い込み、断ち切る。驚愕に目を見開いた悪魔の首は血を噴き出しながら刎《は》ね飛び、それが地に着くよりも早く、黒い塵となって消滅する。

刃の血を振るい落とし、周囲の気配に気を配りながらも、俺は大きく息を吐き出した。

とりあえず、こいつは何とか片付いたようだが……まだ、他の悪魔が消え去ったわけではない。やはり、この国を攻めている悪魔たちのボスを倒さない限り、まとめて消え去るとはいかないようだ。

「ふぅ……できれば情報は集めておきたかったんだがな」

相手は子爵級悪魔、可能であれば情報を得ておきたかったところであるが、生憎《あいにく》とその余裕はなかった。分かったのは、この悪魔より上位の悪魔がいることと、そいつが人間を一気に殺さぬよう、各悪魔に指示をしているということだ。

果たして、それはどのような悪魔であるのか。一体どのような目的で、人間を殺す数を絞《しぼ》っているのか。分からないが、碌なものでないことは確かだろう。

「先生、とりあえず制圧完了《かんりょう》しました！」

「よくやった。とりあえずは待機だな」

俺たちだけであれば次なる悪魔を狙うために移動するところだが、ここでは結構な数の人々を保護している状況だ。流石にこれでは動けないし、今は他の悪魔が駆逐されるまで彼らの護衛を続けるべきだろう。

今は『キャメロット』や他のプレイヤーたちが動いている。今の爵位悪魔《しゃくいあくま》を討《う》ったお陰《かげ》で他の悪魔共は逃げる気配を見せているし、これならば程《ほど》なくして制圧も完了することだろう。気を抜きはしないが、しばらくは待ちの状態だ。

「余裕があれば、彼らから事情を聴《き》いておけ。俺は怖《こわ》がられているだろうからな」

「そんなことは無いと思いますけど……分かりました、警戒は続けます」

頷《うなず》いて人々の方へと移動する緋真を見送り、俺は再び通りの方へと視線を戻《もど》す。

さて、街の制圧には、あとどれぐらいの時間を要するだろうか。アルトリウスからの連《れん》絡《らく》が来るのを待つこととしよう。

＊　＊　＊　＊　＊

『《格闘《かくとう》》のスキルレベルが上昇《じょうしょう》しました』
『《降霊魔法《こうれいまほう》》のスキルレベルが上昇しました』
『《死点撃ち》のスキルレベルが上昇しました』
『《蒐魂剣》のスキルレベルが上昇しました』
『《テイム》のスキルレベルが上昇しました』
『《魔技《まぎ》共演》のスキルレベルが上昇しました』
『《回復適性》のスキルレベルが上昇しました』
『《戦闘技能》のスキルレベルが上昇しました』
『テイムモンスター《セイラン》のレベルが上昇しました』

あれからしばし、時折襲撃《しゅうげき》してくる悪魔を迎撃《げいげき》している内に、戦闘終了《せんとうしゅうりょう》のインフォメーションが耳に届いた。どうやら、ようやっと戦いが終わった様子である。中々の長丁場となったが、果たしてどのような結果となったのやら。

まあ、戦闘勝利の判定となっているということは、少なくとも悪魔を追い出すことは成功したのだろう。気配を探《さぐ》っても敵を察知できないことを確認《かくにん》し、俺《おれ》はようやく餓狼丸の切っ先を降ろす。

全体は分からないが、少なくともこの場の戦果は十分であると言えるだろう。

「お疲《つか》れ様《さま》です、お父様」

「おう、そっちもな。住民たちはどんな様子だ？」

「まだ怯《おび》えています。状況も掴《つか》み切れていないようですね」

「まあ、それは仕方なかろう。街がこの状況ではな」

ベルゲンのように徹底的に破壊されたというわけではない。だが、多くの人々が死に、そして恐怖《きょうふ》に支配され続けていた。

この街で行われていたことの実態もまだ分かってはいないが、あの悪魔の言動から、少しずつ人間を殺していたのだろうということは想像できる。この街の住人、そしてこの街に集められてきた人々にとっては、まさに悪夢であっただろう。

悪魔が退散したとはいえ、すぐにその実感を得られるわけではない。彼らにはしばしの時間が必要だ。だが――どうやら、何事にも例外というものはあるらしい。

「あの……先生、こちらの方が、話がしたいそうです」

「うん？　俺に、か？」

「はい。まあ、私たちの代表という意味だと先生ですし」

「……その分類ならアルトリウスの方じゃないのか？　まあ、話すのは構わんが」

詳《くわ》しい話はアルトリウスが来てからになるだろうが、概要《がいよう》程度を聞いておくのは悪くない。そう思いつつ、緋真の連れて来た人物の方へと視線を向け――思わず、目を見開いた。

そこに立っていたのは、最初に壇上に立っていた人物。あの時、悪魔と相対していた男であったからだ。まだ若い青年は、疲労《ひろう》を滲ませた様子ながら、俺の目を真《ま》っ直《す》ぐに見つめつつ声を上げる。

「……助けて頂き、ありがとうございました。クオン殿《どの》、でしたでしょうか」

「ああ、その通りだが……大事はないか？　あの時、悪魔に殺されかけていただろう」

「はい、貴方《あなた》に助けて頂いたおかげです」

あの時はかなりギリギリであったが、どうやら怪我《けが》一つない様子だ。

しかし、直接助けたとはいえ、わざわざ礼を言いに来たという様子ではない。果たして、どのような用事なのだろうか。

「それで、俺と話したいそうだが……正直、俺は剣を振るしか能がないんでな、詳しい話はあまり聞いてやれんぞ」

「ですが、重要な立ち位置の方であるようでしたので……自己紹介《じこしょうかい》をさせてください」

俺の言葉に首を横に振った青年は、己《おのれ》の手を胸に当てながら声を上げる。その言葉の中には、覚悟《かくご》の重みが込められていた。

「私はクラウ・スヴィーラ……スヴィーラ辺境伯《はく》の息子《むすこ》です。どうか、話をお聞かせください」

第九章　襲撃の全容

「スヴィーラというと……この街の、この領土の領主だという……」

「はい、仰《おっしゃ》る通りです。私はこの領土における領主の息子、ということになります」

「……それは失礼した。まさか、いきなりそのような人物に出会うとは思ってもみなかったもので」

確かに、この街の代表とは接触《せっしょく》しなければならないと考えてはいたが、まさかいきなり関係者と出会うことになるとは。

クラウと名乗ったこの青年は、疲労しやつれている印象はあるものの、傷らしい傷はない状態だ。驚きはしたが、しかし僥倖《ぎょうこう》でもある。まさか、このような形で縁《えん》を結ぶことができるとは。

「それで、こちらに話というのは？」

「我々の現状について……そして、我《わ》が国《くに》で起こったことについて、お話ししたく。そして、どうかお力をお貸しいただきたい」

「悪魔《あくま》共と戦え、という話か？」

「それを含《ふく》めて、お話をさせて頂きたい」

俺としては、悪魔と戦うことについて否《いな》やはない。だが、その他のことについてまで安易に約束してしまうというわけにもいかないだろう。

その辺りの取引については、正直俺では良く分からん。とりあえずメールでアルトリウスを呼び出しつつ、今はこちらが聞きたいことだけを聞くこととした。

「いま、こちらの代表みたいな奴を呼び出している。街をどうこうって話なら、そっちの方に頼《たの》みたい。ちなみに、領主殿は？」

「……悪魔の襲撃の際に、亡《な》くなりました」

「……そうか。お悔《く》やみ申し上げる」

領主が死んでいるとなると、少々厄介《やっかい》な状況だ。

この青年を領主の代理として扱《あつか》っていいのかどうか……その辺り、領主がどのように準備していたのかによって状況は異なる。まあ、その辺りはアルトリウスが上手《うま》くやるだろう。俺は元より、政治的な部分に関わるつもりは無いし、巻き込まれても面倒《めんどう》だ。

俺がやるべきことは敵を斬ること、人々を救うのはその結果でしかない。

「とりあえず、何があったのかを聞かせて貰《もら》いたいのだが。ここの悪魔共の行動はどうにも不可解だった。人間を殺さず管理するなど、今までの悪魔共には見られなかった行動だ」

「私たちにも、それは良く分かりません。どうやら、悪魔共の上役と言いますか、上位の悪魔がそう指示したようでした」

「だが、殺された人間もいるんだろう？　でなければ、あんな公開処刑のような真似《まね》はしなかったはずだ」

この青年、クラウはあの時悪魔に殺されかけていた。いや、悪魔に挑むことを強要されていたのだろうか。戦うことにはあまり慣れていなさそうな様子であったが、あれにはどのような意味があったのか。俺の問いに対し、クラウは視線を伏《ふ》せながら声を上げた。

「恐らくですが、抵抗《ていこう》した人間や、戦う力を持った人間が狙《ねら》われていたようです。ですが、それも一気にではなく……私が駆り出された時のように、戦う力を持った人間を少しずつ殺していったようでした」

「……良く分からんな」

戦える人間を優先的に狙う、ということは分からないではない。自分たちに反抗《はんこう》する者を、抵抗する力を持った者を削《けず》っていくことは、奴《やつ》らの立場として理に適《かな》った行動だ。

だが、奴らの力ならばそれを全滅《ぜんめつ》させることも不可能ではなかったはずだし、少しずつ削っていくという行動の意味が分からない。一体、奴らは何を考えていたのだろうか。

「ここを取り仕切っていた悪魔……貴方が戦っていた、あの炎を操《あやつ》る悪魔は、ある程度の数を殺すと他の悪魔たちを止めていました。『明日の分が無くなる』、と言っていた気がします」

「ふむ……」

一日に殺せる数を制限していたのか、或《ある》いは例のリソースとやらが関連しているのか。どうにも、悪魔共の目的は人間を殺すことそのものより、そこから得られるリソースにあるように思える。それを集めることが奴らの目的であるとするならば――奴らは、人間を資源のように扱っていたのだろうか。

「……結論は出ないか。他の領地や首都の状況《じょうきょう》については分かるだろうか？」

「最初の内は都市間で連絡を取り合っておりましたが、すぐにその余裕も無くなり……現在の状況は分かりません」

「他の領地も一斉《いっせい》に攻撃を受けていたというのは？」

「それは事実のようです。連絡を取り合っていた際、父がそのように話していました」

どうやら、悪魔共が足並みを揃《そろ》えて襲撃を仕掛けてきたことは事実であるようだ。

我の強い爵位悪魔共が、揃って指示に従っているところを見ると、奴らの上にいるのは相当な力を持った悪魔であると考えられる。高い実力で支配しているのか、カリスマによるものか──或いは、その両方か。何にせよ、厄介な存在がいることは間違《まちが》いないだろう。

「それだけの数の悪魔を操る存在か……」

まだ分からんが、侯爵《こうしやく》級の悪魔が出現している可能性は高い。伯爵《はくしやく》級であれだけの力を持っているのだ、今回は非常に厳しい戦いになるだろう。

ともあれ、まずは街の解放に成功したことを喜ぶべきだ。ここを足掛かりとして、この国を攻略《こうりやく》していくことになるだろう。

「さて、クラウ殿。貴方がこの街のまとめ役になるのかどうかは分からないが、とりあえず纏め上げられるだけの人間を集めて欲しい。こちらも代表者を出すので、今後の方針について話し合いの場を設けたいと思う」

「……！　分かりました、生き残っている者がどれだけいるかは分かりませんが、探してみます」

さて、後のことはアルトリウスに任せるとしよう。それまではエレノアと装備の調整でもしたいところであるのだが……こちらの話に巻き込まれそうな気配をひしひしと感じる。果たしてどのような流れになることやら。話が長引きそうな予感もするな。

妙《みょう》な状況になってきたことに、俺は思わず嘆息《たんそく》しつつ、走っていくクラウの背中を見送った。

＊　＊　＊　＊　＊

領主の住まいであった館、その近くにあった屋敷《やしき》へと集められた俺たちは、その内の一室を会議室として利用することになった。

集められたメンバーは、俺やアルトリウス、エレノアに加え、他のクランのマスターたちも含まれている。『剣聖《けんせい》連合』や『クリフォトゲート』、『ＭＴ探索会《たんさくかい》』の面々もいるが、彼《かれ》らの様子は中々に大人しい。まあ、このような場に慣れているのはアルトリウスぐらいであろうし、それも仕方ないが。

「話を纏めますと――」

ここまで、クラウを始めとした現地人の話をいくつか聞いた。

彼らは辺境伯の領地に属していた爵位《しゃくい》の低い貴族であり、今回の悪魔の襲撃を何とか生き残った者たちだ。切羽詰《せっぱつ》まっているだけあって、言っていることはあまり纏まりが無かったが、簡単に纏めれば――

「――王都は既《すで》に滅《ほろ》んでおり、恐らくは王族の方々も殺されている。そして各領地もまた既に落とされ、壊滅《かいめつ》状態である」

「悔《く》しいですが、その通りです。最悪の状況であることは否定できません」

「だが、どうか協力を願いたい。この国を取り戻すために、どうか！」

こちらへと強く願い出てくる貴族たち。彼らとしても、藁《わら》にも縋《すが》りたい気持ちなのだろう。それほどの状況であることは否定できないし、同情はする。

王都の状況については、ここに襲撃に来た悪魔が語っていたらしい。曰《いわ》く、王都の人間は一人残らず、ディーンクラッドという悪魔を呼び出すための生贄《いけにえ》にされたと。

つまり、そのディーンクラッドとやらが奴らの上役ということなのだろうが……果たして、どれほどの怪物《かいぶつ》なのだろうか。

「……正直に言わせて貰う。悪魔を殺しに行くことに否《いな》やはないが、この国を取り戻すというのは無茶《むちゃ》な言葉だ。王都、そして各領地が落とされている以上、この国を率いて立てる人間がいない。この国は、最早《もはや》滅《ほろ》びているに等しい……アンタたちはさっさと、ベーディンジアに保護を求める方が良いだろう」

懇願《こんがん》する彼らへと向け、俺はそう告げる。

言いづらいことではあるが、彼らには最早国としての戦力はない。

この街のように、他の街でもある程度生き残っている人間がいる可能性はあるが、それでもそれらの人間を率いることができる人間がいないのだ。仮に悪魔を駆逐することができたとしても、この国を運営することは不可能だろう。

だが、貴族たちの一人が、俺の言葉に対して否の声を上げた。

「違《ちが》う、まだ終わってなどいない！　あの方が……聖女様がまだ生きておられる！」

「聖女……？」

「……類稀《たぐいまれ》なる女神《めがみ》の加護を受けてお生まれになった、この国の第二王女殿下《でんか》です。あの方は修行《しゅぎょう》のため、南の山中に秘された聖堂で隠《かく》れ住《す》まれておられます」

疑問符《ぎもんふ》を浮《う》かべた俺に対し、クラウはそう返答する。

成程《なるほど》、つまりこの国の王族は、一人だけは何とか生き残っているということらしい。

だが、そのような重要人物がいつまでも放置されているとは思えない。早いところ保護しなければ、他の者と同じ末路を辿《たど》ることとなるだろう。クラウも同じように考えていたのか、彼は俺の方へと向けて頭を下げながら声を上げた。

「お願いします、クオン殿。どうか、聖女様を保護して頂けませんか。このままでは、いずれ悪魔に……」

「この国の旗印云々《うんぬん》の話は知らんが、保護については同意しよう」

「……！　ありがとうございます！」

『《聖女救出》のクエストが発生しました』

どうやら、俺に対するクエストという形となったようだ。

何故《なぜ》俺《おれ》にだけこのクエストが発生したのかは知らないが、このクエストを受けることに否《いな》やはない。これ以上悪魔の好き勝手にさせるというのも寝覚《ねざ》めが悪いというものだ。

「アルトリウス、お前さんはどうする？」

「基本的に、八大都市の解放に動くことになると思います。ただ、この都市の解放にワールドクエストが出現しなかったということは、他の都市でも同様の処理になる可能性があります」

「まだるっこしい言い方ね。要するに、各クランが自由に動いて対処しろってことでしょ」

「そうなりますね」

アルトリウスとしては中々に悩《なや》ましい事態であるようだが、これに関しては仕方あるまい。ここからのプレイヤーの動きは、全体を制御《せいぎょ》できるようなものではない。都市の攻略は各個人に任せるしかないだろう。

「要するに、都市を解放し、現地人を保護する。それを繰《く》り返すだけだ。どんな悪魔がいるかは知らんが、やるしか無かろう」

「そうですね……クオンさん、聖女様についてはお願いします」

「了解《りょうかい》だが……少し相談に乗ってくれよ」

流石《さすが》に箱入りのお嬢様《じょうさま》の相手は俺には荷が重い。多少、コイツにも手伝って貰うとしよう。

第十章　聖女の許《もと》へ

「……本当にいいんですか、クオンさん？」

「くどいぞ、アルトリウス。別にいいだろう、あれだけ口出ししたい重要案件なら、お前さんが直接見てくれ」

あの会議の後、聖女とやらを保護しに行くためにアルトリウスと相談したのだが、その際に色々と注文を付けられることとなった。馬車を用意しろだの、『キャメロット』で馬車は用意するだの、セイランに引かせるなだの、気を使わねばならないことが多すぎたのだ。

最終的に面倒になった俺は、パーティの最後の一枠《ひとわく》にアルトリウスを加えて対応して貰うよう依頼《いらい》することとした。俺の提案に対し、アルトリウスは困惑《こんわく》した様子ながらも同意、こうして一緒《いっしょ》に行動することになったのである。

彼の側近たちはもの言いたげな様子であったが、アルトリウスが同意した以上は強くは言えなかったのだろう、最終的に容認《ようにん》することとなった。

「しかし……王族で聖女なんて、凄《すご》い肩書《かたがき》の人ですよね」

「ま、確かにな。この国からしたら、随分《ずいぶん》な重要人物だ」

緋真《ひさな》の言葉に、軽く肩《かた》を竦《すく》めて返す。

ある程度現地人たちの話を聞いていたが、この国は本当に信仰《しんこう》を重要視している。国がこのような状況になってなお、彼らは信仰を失っていなかった。そんな彼らにとって、王族であり、尚且《なおか》つ女神の加護を持つという聖女の存在は非常に大きいものであるのだろう。

確かに、そんな存在であるならば、彼らにとっての旗印となり得るかもしれない。尤《もっと》も、だからと言って悪魔に対抗《たいこう》できる戦力が残っているかと問われれば、それは否と答えるしかないのだが。

「聖女がどのような扱いになるのかは分からんが、少なくとも現地人のメンタルケアにはなるだろう。アルトリウス、保護した後の扱いはそっちに任せたいんだが」

「確かに、半ば放浪《ほうろう》しているクオンさんにお任せすることは難しいと思っていますが……いいんですか？」

「お前さんらの方が確実だろう」

少なくとも、俺たちに何とかできるようなものではない。現地人に預けることはどうにも危《あや》うく感じてしまうが、『キャメロット』ならばまだ安心だろう。

まあ、まずはその聖女を保護しなければならないのだが。

「まず、隠れ住んでいた箱入りお姫様《ひめさま》を連れ出さにゃならんからな……最悪の場合は無理《むり》矢理《やり》連れて来なけりゃならんが」

「それは避けたいですね。それだけ影響力《えいきょうりょく》のある人物ならば、できるだけ友好的な関係を築きたいです」

「だからこそお前さんを呼んだんだよ、アルトリウス。口は達者だろう」

俺の物言いに、馬車の御者《ぎょしゃ》をしていたアルトリウスは苦笑《くしょう》する。

馬車を引くのは、彼の騎獣《きじゅう》である白いペガサスだ。翼《つばさ》を畳んで少々窮屈《きゅうくつ》そうではあるが、流石は上位の騎獣であると言うべきか、坂道でも問題なく引くことができている。

馬車の中にはいくつものクッションが置かれており、これを重ねて利用すれば、整備されていない山道でも腰《こし》を痛めることは無いだろう。

――ここまで念入りな準備をしている時点で、アルトリウスが聖女を重要視していることが窺《うかが》えるというものだ。

「この国を立て直せるかどうかはともかくとして、その代表者となるのは間違いなく聖女だ。本人が望む望まないに拘《かか》わらず、周囲はそうやって祭り上げようとするだろう」

「そうでしょうね。彼らは、国の復興を諦めていない。まあ、それは国の貴族として当然の感情でしょうけれども。聖女様が周囲の期待を向けられることは間違いないでしょうね」

「つまり、どのような形であれ、聖女がこの国のトップになる可能性は高いということだ。お前さんにとっては、注意すべき相手だろう？」

俺の言葉に、アルトリウスは僅《わず》かに眼を細める。だが、それでも彼は否定の言葉を口にすることはなかった。

どうやら、俺の認識《にんしき》に間違いはなかったようだ。

「これまでの国でも、お前さんは国の上層部と交流してきた。ここでも同じようにするつもりなんだろう？」

「否定はしませんが……」

「目的に関しては聞かん。そちらの都合まで踏《ふ》み込むつもりは無いさ」

確かに、アルトリウスはどうにも、現地人の勢力に入れ込み過ぎているような印象がある。ただの方針というよりも、何か裏側に別の事情を感じる気がするが……その辺りまで深く聞くつもりは無い。というより、そういう人間関係方面のクエストは面倒であるため、あまり関わりたくないというのが正直なところだが。

だが、俺の言葉に対し、アルトリウスはしばし迷った様子で黙考《もっこう》した。

「……どうかしたか？」

「クオンさん……以前、いずれ僕《ぼく》の目的についてお話しするといいましたよね？」

「おん？　ああ、そんな話も聞いた覚えはあるが……」

「近々、それをお話ししたいと思います。クオンさんと……それに、パーティメンバーの皆《みな》さんにも。招待状を出しますので、どうか集まって頂けると」

「ほう……？　また、随分と珍《めずら》しいことを」

これまでは秘密主義であったアルトリウスにしては、随分と意外な言葉だ。ここに至って、これまで隠していた情報を明かすとは。

だが、気になっていたことも事実ではある。こいつと行動を共にすることが増え、ある程度は人柄《ひとがら》も見えてきた。最初に睨《にら》んだ通り、こいつは何か大きな目的を持ってこのゲームをプレイしているのだろう。

その理由を知れるというのならば、確かに興味を惹《ひ》かれるところだ。

「了解だ、その時は招待にあずかるとしよう」

「ええ、お待ちしております。さて、地図だとそろそろ目的地ですが……」

「そういえば、さっきから魔物《まもの》に会わんな」

この国に入って来た際に通った山道、その途中《とちゅう》にあった脇道《わきみち》に入ってしばらく。いつの間にかこの周囲からは、魔物の気配が消え去っていた。

純粋に、周囲に魔物の気配がない。どうやら、魔物どもはこの辺りを避けているようだ。

「おかしな様子だな……強い魔物がいるのか？　それとも、これも聖女の力って奴か？」

「分かりませんが、進む分には好都合ですね」

「あ、先生。この先は道が細くなってくるみたいですよ」

若干《じゃっかん》先に進んでいた緋真が、前方を示しながら声を上げる。

視線を向ければ、確かにどうも道の横幅《よこはば》が細くなってきているようである。これ以上進むと、馬車を反転させられなくなる可能性があるだろう。

「ふむ……アルトリウス、目的地はもう近いんだよな？」

「ええ。恐《おそ》らく、前方にある林の向こう側ですね。馬車はここで止めておきましょうか」

アルトリウスは馬車を停止させて降車する。車輪が動かぬように固定具を嵌《は》めて、アルトリウスは改めて前方――隠し聖堂の方へと視線を向けた。

あの先に、件の聖女とやらがいるのだろう。果たして、どのような人物であるのやら。

期待半分警戒《けいかい》半分、そんな心境で林の中へと足を踏み入れる。木々の間から見える建物はあまり大きくはなく、だが確かに荘厳《そうごん》な雰囲気《ふんいき》を感じる建造物だ。

「あれが隠し聖堂……雰囲気ありますねぇ」

「だが、随分と寂《さび》れている。外観《がいかん》まで気を使う余裕《よゆう》はないんだろうな」

人の気配は殆《ほとん》ど感じない。精々、三人程度といったところだろう。件の聖女と、その世話役が数人程度だろうか。まあ、あまり大勢いないのであればそれはそれで好都合だ。

俺たちはゆっくりと建物に近づき、俺たちは聖堂の様子を確認した。

「とりあえず……まだ、悪魔の襲撃はないようだな」

「そのようね。辺りに気配も無いし、さっさと入りましょう」

どうやら扉《とびら》に鍵《かぎ》はかかっていないらしく、俺は代表して聖堂の扉を開く。

――瞬間《しゅんかん》、目に飛び込《こ》んできたのは色とりどりの光であった。

「これは……」

「……綺麗《きれい》」

まず目に入ったのは、大きなステンドグラスだ。入口から見て正面の壁面《へきめん》にあるステンドグラスは、多くの色彩《しきさい》を聖堂の内部へと届けている。

そして、それに照らされているのは白い石材で作り上げられた、大きな女神像《めがみぞう》だ。色とりどりの光は、白い女神像を鮮《あざ》やかに染め上げながら床《ゆか》にまでその光を届け――そこに跪《ひざまず》く、一人の少女を照らしている。

「――――」

手を組み、女神像へと向けて真摯《しんし》に祈《いの》りを捧《ささ》げ続ける人物。その身を包むのは、シンプ

ルながら清潔な、蒼《あお》い布によって作り上げられたローブ。そしてその中に流れるのは、若干青みがかった白い髪《かみ》。翠《みどり》の宝玉が嵌《はま》った髪飾《かみかざ》りで髪の一部のみを結《ゆ》い上げた、年《とし》の頃《ころ》にして高校生程度の少女。

「――お待ちしておりました」

その言葉を耳にした時、俺は不覚ながら、その姿に意識を奪《うば》われていたことを自覚した。周りの気配を感じ取れなくなっていたわけではない。ただ、この少女の圧倒的《あっとうてき》な存在感に、目を奪われてしまったのだ。

「我が女神は……この日、私の運命が訪《おとず》れると仰っておりました。貴方がたが、きっと私の運命なのでしょう」

ゆっくりと、少女は立ち上がる。それと共に開かれた蒼い瞳《ひとみ》は、俺たちの姿を順に眺《なが》めたようだ。

成程、聖女か――そう呼ばれるのも納得《なっとく》できる。戦う力を持っているようには思えないが、相応の能力は有しているようだ。

「運命とやらは良く分からんが、俺たちが来ることを予見していたというのか」

「我が女神よりの神託《しんたく》です。運命という言葉が、いかなる意味を示しているのかは分かりませんが……貴方がたに間違いない筈《はず》です」

「であれば、俺たちの目的は分かっているのか？」

「悪魔の駆逐《くちく》、そしてこの国の復興でしょう？」

聖女はそう返答し――けれど、どこか疲れた様子で声を上げる。

どうやら、何か思うところがあるようだ。

「ですが……申し訳ありません。この国は最早、救うことはできないでしょう」

「それはどういう意味だ？」

「私には何もありません。民を導く力など無いのです。ただ女神の声を聞き、その意を代弁する――私にできることは、ただそれだけ。私は……無力です」

己の両手を見下ろしながら、聖女はそう口にする。その声の中に含まれていたのは、強い諦観《ていかん》であった。

女神の声とやらからなのかは知らないが、彼女《かのじょ》はどうやら、この国の現状を把握《はあく》しているらしい。己の肉親が既にいないことも、多くの民が今も殺されていることも――彼女は手の届かぬ場所で知り、何もできずただ祈りを捧げていたのだろう。

動かなかったことを責めることはできない。彼女が動いたところで何かができたわけではないだろうし、無駄《むだ》な犠牲《ぎせい》が増えただけだろう。

だが――

「……初めまして、聖女様。僕は、アルトリウスといいます」

「……？　あの……？」

「よろしければ、お名前をお聞かせ願えますか？」

一人前に出たアルトリウスが、己の胸に手を当てながら声を上げる。その穏《おだ》やかな声音《こわね》に、聖女はやや困惑した様子ながらも返答した。

「私は……ローゼミア。ローゼミア・アドミナスと申します」

「お美しい名前です。ローゼミア様とお呼びしてもよろしいでしょうか？」

「は、はい」

困惑しながら、聖女ローゼミアは頷く。

とりあえず、自己紹介をしつつ距離《きょり》を詰《つ》めるつもりか。まあ、こいつは演技ではなく、素でこのような態度を取っているのだが。

実際、アルトリウスにはこれを期待して連れてきたわけであるし、ここは手並みに期待するとしようか。

第十一章　アルトリウスとローゼミア

美男子であるアルトリウスと、美少女である聖女ローゼミア。

この二人がステンドグラスの光の中に立っている光景は、中々に壮観《そうかん》なものである。現に、隣《となり》にいる緋真は二人の様子を撮影《さつえい》しているようであった。

確かに絵になる光景であるし、残しておきたいという思いも理解できる。まあ、アルトリウスのファンたちがどのような反応をするのかまでは分からないのだが。

「ローゼミア様。貴方の仰る通り、僕たちの目的は悪魔の駆逐、そしてこの国の復興にあります」

これに関しては、正確には少々違う。

俺のような戦闘《せんとう》型のプレイヤーについては悪魔を討《う》つこと、そしてエレノアたち生産職は復興が目的となる。異邦人《いほうじん》全体を見れば確かにアルトリウスの言う通りなのであるが、俺にとって復興はあまり意識する内容ではなかった。

とはいえ、戦う仕事があるのであれば協力することもやぶさかではないのだが。

「しかし、僕らはその責を、貴方に背負わせるつもりは無いのです」

「どういうことですか……？」

「生き残った貴族たちは、確かに貴方に立って欲《ほ》しいと願っています。今この国において、その立場に立てる存在は貴方だけでしょう……しかし、できることと行うことはまた別の話です」

アルトリウスの言葉に、俺は軽く肩を竦める。

聖女ローゼミアは確かに、その立場上、この国の人々の先頭に立つことができる存在であるだろう。だが、本人の覚悟が決まっていないのであれば、それはただの自殺でしかない。

それに、仮に彼らが戦わないとしても、ここにいるのはただ神の声が聞けるだけの少女だ。政を学んでいるわけでもないのであれば、為政者《いせいしゃ》となることは難しい。そうなれば、傀儡《かいらい》の女王となるか、或いは王の座に目の眩《くら》んだ男どもが集まってくるか——何にせよ、碌《ろく》な状況にはなるまい。

「僕たちは、貴方を保護するためにやってきました。ここにいれば、いずれは悪魔に襲《おそ》われるでしょう。その前に、街まで避難《ひなん》するべきです」

「ですが、私は……私には、もう何も……」

「何もないと仰るのであれば、それはつまり、貴方を縛《しば》る鎖《くさり》も存在しないということです。ローゼミア様は幼少の頃よりここで修業《しゅぎょう》をされていたとお聞きしています。貴方は、ずっと己の望みを持つことを知らなかったのでしょう」

後方で、アリスが僅かに身じろぎする気配を感じる。度合いは違えど、抑圧《よくあつ》された環境《かんきょう》という意味では近しいものを感じたのだろう。

これに関し、俺《おれ》は同情をするつもりは無い。というより、同情する資格などない。己の願いにのみ生きてきた俺が、口出しできることではないからだ。

「ローゼミア様、貴方は何をしてもいいのです。全てから逃《に》げることも、今の貴方には可能です。貴方が望むのであれば、僕がそのお手伝いをいたします」

「……アルトリウス様。何故《なぜ》、貴方はそこまで仰るのです？　異邦人である貴方にとって、私の行く末など気にするほどのものではない筈です」

「……身《み》の丈《たけ》に合わぬ使命を帯びる。その想《おも》いは、理解できるつもりですから」

僅かに、目を見開く。今の言葉は紛《まぎ》れもなく、アルトリウス本人の心境だろう。この男は、果たして何と戦っているのか。一体、どのような使命を帯びているというのか。

分からないが――その真実を聞ける日は、きっと近いのだろう。

「けれどどうか……僕たちに連れ出されるのではなく、己の意志で前に進んで欲しい。それがどのような結論であったとしても、貴方《あなた》の未来は、貴方自身が選ぶべきなのです。そうしなければ——貴方はずっと、鳥籠《とりかご》の中から出られないのだから」

「貴方は……とても優《やさ》しくて、厳しいお方ですね」

そう言って、ローゼミアは僅かに笑う。どこか寂し気《げ》に、けれど先ほどよりも確かな生気を持って。

果たして、彼女はアルトリウスの言葉に何を見出《みいだ》したのか……それは、この二人にしか感じ取れぬ心境なのだろう。

「……私自身が選んで、前に進む。本当に、本当に怖《こわ》いです」

ローゼミアは、そう呟《つぶや》きながら胸の前で手を組んだ。祈るように、或いは何かを抑《おさ》え込もうとするかのように。

彼女と家族の関係が如何《いか》なる物であったのか、彼女自身はどう感じてこの聖堂に住んでいたのか……全てを失った今、どんな心境でいるのか。それが分からぬ俺には、その想いを推《お》し量《はか》ることはできない。アルトリウスの共感とて、全てではないだろう。

だが——彼女は、そんなアルトリウスの言葉の中に、僅かな救済を見出したようだ。

「アルトリウス様、私は臆病《おくびょう》な女です。自分で何かを選び取ったことのない私には、その一歩を踏み出すことがどうしても怖い。けれど……手を引いては、下さらないのでしょう」

「僕が手を引けば、貴方はきっと苦しむことになる。自分自身で選んだ道だという、決意すら持てなくなってしまいます」

「ええ、きっとそうなのでしょう……だから、どうか」

呟いて、ローゼミアは手を差し出す。

未知に、恐怖《きょうふ》に竦み震《ふる》える手を――それでも、必死に。

「引いていただかなくても、良いのです。けれど……どうか、せめて手を握《にぎ》っては下さいませんか」

「……はい。並んで、共に行きましょう、ローゼミア様」

その震える手を、アルトリウスは躊躇《ためら》うことなく握ってみせた。ローゼミアは僅かに目を見開き、そしてしばしの間黙考して――決意を秘《ひ》めた表情で、顔を上げる。

彼女が見せたその表情に、俺は思わず小さな笑《え》みを浮かべた。成程――ただの子供では、ないということだろう。

聖女ローゼミアは、ゆっくりと前に足を踏み出す。アルトリウスは決して先に進むことはなく、彼女の歩調に合わせる形で足を進めた。

そんな二人の道を開けるように、俺たちは横へと避《さ》けて二人の歩みを見届ける。ローゼミアは強くアルトリウスの手を握りながら、それでも一歩一歩確実に足を進め――ついに、聖堂の扉の前に立った。そして彼女は、アルトリウスの手を握った左手はそのままに、震える手を伸《の》ばしてドアノブを握る。

「……女神様の、運命という言葉の意味をずっと理解できずにおりました。けれど、今ならば分かります……貴方が、私の運命だったのですね、アルトリウス様」

「――――っ」

その言葉に、アルトリウスは僅かに驚《おどろ》いた様子で視線を上げ……そんな彼の表情に、ローゼミアは小さく笑う。それはまるで、年相応の少女のように。

そして――聖女ローゼミアは自らの意志で、鳥籠の中から最初の一歩を踏み出した。

差し込む昼の光は眩《まばゆ》く、二人は目を庇《かば》うように手を上げて――ローゼミアは、感嘆《かんたん》するように息を吐《は》き出した。

「ああ……こんなに、簡単なことだったのですね」

彼女はアルトリウスの手を握ったまま、空を見上げて小さく呟く。その言葉の中には、万感《ばんかん》の想いが込められているように感じられた。

そんな二人の背中を見つつ、俺は周囲の気配を探《さぐ》る。どうやら、先程《さきほど》から隣の部屋で様子を見ていたらしい二人分の気配が移動しているようだ。

恐らく、その二人はローゼミアの使用人か何かなのだろう。俺たちの来訪を予見していた以上、外に出るための準備をしていた可能性は高い。彼女がこの場を離《はな》れる決意を固めたことで、使用人たちも行動し始めたのだろう。

「さてと……俺たちも準備するぞ」

「え、準備ですか？　馬車まで案内するとか？」

「阿呆《あほう》、このまま普通《ふつう》に終わると思うな。悪魔共《あくま》が目を付けている可能性は十分にあるぞ」

言いつつ、餓狼丸《がろうまる》の鯉口《こいぐち》を切る。流石にお姫様の後ろで刀を抜《ぬ》くわけにはいかないので、俺はさっさと外に出て周囲の状況を確認《かくにん》した。

使用人たちもこちらに向かってきている気配がある。程《ほど》なくして出発できるだろうが、気を抜くわけにはいかない。

「アルトリウス、姫《ひめ》さんの護衛はアンタに任せるぞ」

「クオンさん？」

「使用人たちが来たらさっさと馬車まで向かう。敵の相手は俺に任せろ」

「……分かりました、よろしくお願いします」

「あ、あの……貴方は」

聖女ローゼミアは、遠慮《えんりょ》がちな様子で俺の方に声を掛《か》けてくる。彼女の方へと視線を向ければ、彼女は遠慮がちな様子で誰何《すいか》の言葉を発してきた。

どうやら、アルトリウスにばかり意識が向いていたようだ。

「失礼、俺はクオンという。アルトリウスの同盟者……まあ、今は護衛程度に思ってくれ」

「安心してください、ローゼミア様。彼は、異邦人最強の剣士《けんし》ですから」

「は、はい！　よろしくお願いします！」

「あまり無茶振《むちゃぶ》りをしてくれるな……使用人たちが来たみたいだぞ」

見れば、ローゼミアの服をもっと簡略化したような神官服を纏《まと》った二人の女性が、大荷物を持ってこちらへと駆《か》けてくる。質素な暮らしをしていたとしても、着替《きが》えだけでそれなりの量はあるだろう。まあ、馬車ならばあれを運ぶのに困りはしないが。

確かに、アルトリウスの言う通り、馬車は必須《ひっす》であったようだ。

「アミラ、クーナ……」

「ローゼミア様の御召《おめ》し物はこちらに。ご決断なされたこと、とても嬉《うれ》しく思います」

「アルトリウス様、でしたか。今回は目を瞑《つぶ》りますが、姫様に不埒《ふらち》な真似《まね》はせぬように」

「クーナ！　こ、これは私が申し出たことですから！」

何ともまあ、姦《かしま》しい様子だ。

所作に洗練されたものを感じる森人族《エルフ》の女性がアミラで、剣呑《けんのん》な様子の狼《おおかみ》の獣人族《ハーフビースト》の女性がクーナか。世話係がいるというのであれば話が早い、基本的な扱《あつか》いは彼女たちに任せることとしよう。

「とりあえず、馬車まで案内する。乗り心地《ごこち》については正直そこまで期待しないでほしいが——っ！」

いつまでも立ち話をしていても仕方がないと、馬車の方へ案内しようとして、俺は弾《はじ》かれたように空を見上げる。向こうから近づいてくる気配、これは……！

「緋真、ルミナとアリスもだ！　アルトリウスと共に護衛に付け！」

「了解です！」

「お父様は——」

「セイランと共に迎撃《げいげき》だ、だが別動隊を警戒しろ、いいな！」

案の定と言うべきか、ただで帰してはくれないようだ。

今回は重要な護衛対象がいる。念には念を入れて、そちらに多めに戦力を割《わ》り振《ふ》った。

さて、どのような敵が来るのかは分からないが——確実に仕留めるとしよう。

第十二章　聖女への襲撃

接近してきたのは、空より飛来した悪魔だ。

デーモンが五体、それに加えてその先頭には、人間に近い姿をした悪魔が一体。

あれは恐らく爵位悪魔《しゃくいあくま》なのだろうが、これまで見てきた連中とは異なり、何やら妙《みょう》な姿をしている。背中には蝙蝠《こうもり》のような翼が生えており、その右腕《みぎうで》には黒い触手《しょくしゅ》のようなものが絡《から》みつき、その隙間《すきま》から三本の鋭《するど》い鉤爪《かぎづめ》のようなものが生えている。これまでの爵位悪魔とは違う、妙な姿だ。だが、感じる魔力《まりょく》からはそこまで上位の悪魔とは考えられない。

しかしどちらであろうとも、聖女の下に行かせるわけにはいかない。まずは空から叩《たた》き落としてやるとしよう。

「【スチールエッジ】、【スチールスキン】、【武具精霊召喚《せいれいしょうかん》】」

一気に魔法《まほう》を発動し、強化を済ませる。

悪魔共が向かって行く先は、やはり聖女たちの方であるようだ。聖堂の中では手を出せなかったが、敷地《しきち》の外に出てくればまた別ということか。

――だが、俺を無視していこうとはいい度胸だ。

「《練命剣》、【命輝一陣《めいきいちじん》】」

斬法――剛《ごう》の型、迅雷《じんらい》。

体を捻《ひね》り、撃《う》ち出す様にして放つ神速の居合。それによって放たれた生命力の刃《やいば》は、先頭を飛翔《ひしょう》していた爵位悪魔に激突《げきとつ》した。

流石に両断するには至らなかったが、多少のダメージは与《あた》えられたのか、悪魔はそのまま地面へと墜落《ついらく》してくる。自分たちのリーダーが落とされたことに動揺《どうよう》したのか、他のデーモンたちの動きも鈍《にぶ》り――そこへ、風と雷《かみなり》を纏ったセイランが突撃《とつげき》した。

あちらはセイランに任せておいていいだろう。それよりも――

「キャハハハハハハハハハッ！」

「――ッ！」

斬法――柔《じゅう》の型、流水《りゅうすい》。

地面に落下するや否《いな》や、弾かれたようにこちらへと突撃してきた悪魔の攻撃《こうげき》。鉤爪で引き裂《さ》こうとしてきたその攻撃を後方へと受け流し、俺は正眼で油断なく構えた。

近くで見ると、この悪魔は随分と異様な姿をしている。

右腕に絡みついた触手は蠢《うごめ》き、まるで別の生き物が寄生しているかのようにも思える。

ぼさぼさの黒い髪の間から見える目は落ち窪《くぼ》んで濃《こ》い隈《くま》が浮かんでおり、それでいながら大きく見開かれている様は随分と不気味に映る。

姿形は一応女のものであるのだが、どちらかといえば異形という印象が強い。

「貴様は一体――」

「シィィィイッ！」

どうやら、問答は無用ということらしい。手をだらりと前に下げていた悪魔は、そのまま四《よ》つん這《ば》いになりこちらへと襲い掛かってきた。

獣《けもの》じみた動きだが、人型でその動きをするにはそれなりの制限がある。故に、動きは読みやすい。俺は一直線に向かってきた相手の攻撃を回避《かいひ》しつつ、その軌道《きどう》上に刃を置いた。

斬法――柔の型、筋裂《すじさき》。

悪魔は自ら刃に飛び込む形となり、その脇腹《わきばら》に傷を負う。だが、ダメージとしては浅く、おまけに怯《ひる》んだ様子もない。

先ほどの【命輝一陣】のダメージも胸の辺りにあるようだが、それでも動きが鈍ることはなかった。痛みに堪《た》えている様子も無いし、こいつはまさか痛覚が無いのだろうか。

「シャッ！」

「ちッ」

抉《えぐ》るような鋭い蹴《け》りを躱《かわ》し、跳《は》ね返るように飛び込んできた爪《つめ》の一撃《いちげき》を弾く。

実に素早《すばや》いが、それ以上に厄介《やっかい》なのはコイツの動きに全くの躊躇いが存在しないことだ。

戦いの上では、必ず相手の攻撃を警戒しなくてはならない。傷を負った時の痛み、その先にある死――それらが意識にあるからこそ、人は慎重《しんちょう》に動く。

だが、こいつは違《ちが》う。痛みが無いからなのか、或《ある》いはそもそも正気を失っているのか。

コイツの動きには、全く躊躇いが存在していなかった。

カウンターの攻撃は当て易《やす》いが、こちらも反撃《はんげき》を喰《く》らい易い。実に面倒《めんどう》な手合いである。

ならば――

「まずは離れて貰《もら》おうか！」

打法――破山《はざん》。

爪による一撃を受け流しながら肉薄《にくはく》、互《たが》いの肉体を密着させる。それと共に叩き付けるのは、強い踏み込みによる衝撃《しょうげき》だ。体は小柄《こがら》なこの悪魔は、破山の一撃によって面白《おもしろ》いように吹《ふ》き飛び、後方にあった木の幹へと叩き付けられる。

すぐに起き上がってくる悪魔に対し、俺は餓狼丸を地面に突《つ》き刺《さ》して二振りの小太刀《こだち》を抜き放った。【武具精霊召喚】の対象を右の小太刀に切り替《か》え、二つの刃を中段に構える。

「シャアアアッ！」

「削《けず》り取ってやろう、来い」

斬法――柔の型、流水・流転《るてん》。

爪の一撃を受け流しながら密着、相手を地面へと叩き落す。その上で相手の胴《どう》へと向けて振り下ろすのは、全身を連動させた足による踏みつけだ。

打法――槌脚《ついきゃく》。

しかし、悪魔は横に回転して辛《かろ》うじてこれを回避、俺の足首を狙《ねら》おうとしたが、それは地面が爆《は》ぜ割れた衝撃によって遮《さえぎ》られる。

悪魔は跳ね飛ぶように起き上がるが、そこで体勢を整えるのを悠長《ゆうちょう》に待つつもりは無い。

斬法・改伝――剛の型、双牙《そうが》。

逆手で掬《すく》い上げるように放つ左の一閃《いっせん》。その一撃を、悪魔は上から抑え込むように防ぐ。

その直後、俺は後ろに引き絞《しぼ》っていた右の刃の刺突《しとつ》を繰り出した。心臓を狙う一撃は、しかし瞬間的《しゅんかんてき》に反応した悪魔が体を逸《そ》らしたことにより、その左肩《ひだりかた》へと突き刺さる。

急所には届かないが、この位置ならば左腕《ひだりうで》は潰《つぶ》せただろう。

「ギィ……！」

左腕が持ち上がらなくなったことは流石に理解したのか、悪魔は右腕でこちらを引き裂こうと腕を振り上げる。対し、俺は右の刃を離しつつさらに踏み込みながら左腕を振り上げ、胸から顔にかけてを浅く斬《き》りつける。流石《さすが》に顔に対する攻撃には反射的に反応し、悪魔の右腕による一撃は僅かに鈍ることとなった。

そして――振り下ろされる右手の爪へと、振り上げた左の刃を合流させる。

斬法――柔の型、流水・流転。

背負い投げのような形で相手に接近、悪魔の一撃を流し落としながら相手の足を払《はら》う。俺の体を支点にぐるりと悪魔の体を投げ飛ばしつつ、左の刃を投擲《とうてき》、地面に落ちた悪魔の顔面へと刃を投げる。顔面に対して攻撃を受けた悪魔は流石に怯み、地面に転がった状態でほんの一瞬《いっしゅん》だけ動きを止める。

その刹那《せつな》に、俺は地面に突き刺していた餓狼丸を抜き放って地を蹴った。

歩法――烈震《れっしん》。

そして、起き上がろうとする悪魔に肉薄、下から斬り上げながら相手の膝《ひざ》を踏み砕《くだ》き、跳躍《ちょうやく》する。眼下には、衝撃によって前屈《まえかが》みになった悪魔の背中。その中心へと向けて、俺は刃を振り下ろした。

「《練命剣》――【命輝閃《めいきせん》】」

斬法――剛の型、天落《てんらく》。

振り下ろした刃は悪魔の背を貫《つらぬ》き、地面にまで突き刺さってその体を縫《ぬ》い付ける。その状態で、俺は思い切り刃を捻り、悪魔の臓腑《ぞうふ》を抉り抜いた。抜き取った刃に引っ張られるような形で仰向《あおむ》けに倒《たお》れた悪魔は、大きく目を見開いた状態のまま硬直《こうちょく》している。

その肩から小太刀の刃を抜き取って、俺は眉根《まゆね》を寄せた。しかし、こいつは一体何だったのか。爵位悪魔の割には名乗りもしなかったが――

「まだです、クオン様っ！」

突如《とつじょ》として響《ひび》いた聖女の声に、俺は即座《そくざ》に反応する。

それとほぼ同時、倒れていた筈の悪魔の右腕だけが蠢き、巻き付いていた触手をこちらへと向けて突き出して――その一撃を、瞬時《しゅんじ》に斬り払った。決して警戒は解いていない。悪魔は死んだら黒い塵《ちり》となるのだ、消えていないということはそういうことだろう。

すぐさま相手から距離を取って観察し――俺は思わず顔を顰《しか》めた。

どうやら、悪魔の肉体そのものは既《すで》に死んでいるようだ。右腕の触手だけが動き、体を引きずるようにしながらこちらへと這《は》い寄ってくる。

「寄生、しているのか……？」

何だか分からんが、とりあえずあの触手の方が悪魔の体を操《あやつ》っていることは間違《まちが》いないだろう。であればそちらを破壊《はかい》するまでなのだが――

「こっちの方は、一体どうしたら死ぬんだかな！」

先ほど襲ってきた触手の先端《せんたん》を斬り払ったが、未《いま》だ本体の方は動いている。
一応、斬り落とした方は動いていないようだが……この長い触手を端《はし》から細切れにしていくのは中々骨だ。こういう時、俺には相手を一気に消し飛ばせるような技が無いため、少々面倒なのだが――

「先生、下がってください！」
「……！」

後方から響いた声に従い、後方へと向けて跳躍する。だが、それを阻《はば》むように黒い触手が伸ばされ――しかしそれが届く前に、刃を走らせその触手を斬り払う。
そして次の瞬間、緋真《ひさな》の鋭い声が響き渡《わた》った。

「《スペルエンハンス》、【フレイムピラー】！」

それと共に、悪魔の体とそこから伸びる触手が、炎《ほのお》の柱に包まれる。
炎の放つ光と熱量に目を細めつつ悪魔の様子を覗《のぞ》き見れば、あの黒い触手は炎の中で燃やされながらのたうち回っていた。成程《なるほど》、どうやら炎はしっかり効いているらしい。この魔法だけで殺し切れるかどうかは分からないが――いや、弱らせるだけでも十分だ。
俺は炎の柱が消える直前、前へと踏み出して刃を振るう。

「《蒐魂剣》、【因果応報】」

振るった刃が炎の柱を斬り裂き、その熱量の全てを吸収する。唐突《とうとつ》に炎は消え去ったが、燻《くすぶ》る熱は未だに黒い触手を焼き、ダメージを与えていた。

そんな触手へ向け、俺は炎を纏う餓狼丸を振り上げる。

「《練命剣》、【命輝閃】」

更《さら》に炎の中からは黄金の輝《かがや》きが迸《ほとばし》る。俺は朱《しゅ》金の炎と化した餓狼丸を容赦《ようしゃ》なく振り下ろし——その触手の根元ごと、斬り裂いて焼き尽《つ》くした。触手の塊《かたまり》となっていた右手、その中心を斬り裂かれたことでついに絶命したのか、悪魔の肉体と焼けた触手は黒い塵となって消滅《しょうめつ》していく。どうやら、ようやく倒し切れたようだ。

『《格闘《かくとう》》のスキルレベルが上昇《じょうしょう》しました』

『《MP自動大回復》のスキルレベルが上昇しました』

『《インファイト》のスキルレベルが上昇しました』

『《戦闘技能》のスキルレベルが上昇しました』

今のが何だったのかは気になるが、今は聖女の方が優先だ。

さっさとこの場を離れることとしよう。

第十三章　聖女の護送

悪魔共の襲撃は躱したが、いつ次の悪魔が現れるとも限らない。そう判断した俺たちは、さっさとローゼミアたちを馬車の中に押《お》し込み、来た道を戻《もど》ることとした。

正直、あまり快適な旅ではないだろうが、そこは我慢《がまん》して貰うしかない。

一応、敵襲《てきしゅう》についてはルミナとセイランが上空から警戒しているため、早期の発見が可能だ。再び悪魔の襲撃があったとしても、対処することは十分に可能だろう。

「姫様《ひめさま》、あまり顔を出されますと……」

「大丈夫《だいじょうぶ》です、アルトリウス様がいらっしゃいますし、外ではクオン様の従魔の方々が見張っていてくださいますから」

一方で、当のお姫様は中々に暢気《のんき》なものだ。実際、あの聖堂から殆ど離れたことが無かったというし、そういった反応も仕方ないとは思うが。

尤《もっと》も、馬車の前面部分には御者《ぎょしゃ》をやっているアルトリウスが、背面部分は馬車に乗り込んで足を揺《ゆ》らしているアリスがいるため、警護という意味では十分だ。まあ、アリスは歩くのが面倒だから乗り込んでいるだけで、ローゼミアと話をする気はあまり無いようだが。

大方、ああいった邪気《じゃき》のない相手は苦手なのだろう。歩幅《ほはば》が小さくて俺たちに合わせて歩くのがきついのは分かるため、特に何か言うつもりは無いが、せめて目深《まぶか》に被《かぶ》ったフードぐらいは何とかした方が良い。

「思ったより大変じゃなかったですね、先生。お姫様っていうから、もっとこう扱いが難しいものかと……」

「その辺りは俺も警戒していたがな。我儘《わがまま》な女だったらどう扱ったものかとは思ってた。まあ、そのためのアルトリウスではあったんだが」

緋真の言葉に肩《かた》を竦《すく》めつつ、ちらりと横目にアルトリウスの様子を観察する。

隣から顔を出してきたローゼミアと話すアルトリウスは、実に完璧《かんぺき》な対処を行っている。相手を立てつつ、失礼にならない程度に距離を詰めての談笑《だんしょう》。俺には到底真似《とうていまね》のできない行為《こうい》だ。

アルトリウスがそれを自然体で行っているからだろう、ローゼミアの方も安心した様子で会話を行っていた。このお姫様が世間慣れしていないというのもあるだろうが、よく素《す》性《じょう》の知れぬ俺たちを信用してくれたものだ。

しかし、このまま何も考えずに帰還《きかん》するというわけにもいかない。クエストに記載《きさい》されているのは、このお姫様をアイラムの街に連れて行くことまで。そこから先の扱いについては考えなければならないのだ。

俺は軽く溜《た》め息《いき》を吐き出しつつ、二人の話の合間を縫って声を上げた。

「アルトリウス、先のことについて話をしてもいいか？」

「っと……ローゼミア様のこと、ですね？」

「ああ。姫さん、貴方に関係のある話だが、聞いておくか？　あまり愉《ゆ》快《かい》な話ではないが」

「はい、お聞きします。前を向くと、そう決めましたから」

ほんの僅《わず》かな恐《おそ》れと、それでも真《ま》っ直《す》ぐとこちらを見つめてくる視線に、思わず笑みを浮《う》かべる。どうやら、アルトリウスに甘《あま》えてばかりというわけでもないようだ。

有言実行だといわんばかりのその姿勢は好ましい。であれば、そのまま話を続けさせて貰うとしよう。

「とりあえず、姫さんをアイラムまで連れて行く、これは確定事項《じこう》だ。問題は、その後の扱いだな」

「大まかな方針としては二つです。スヴィーラ辺境伯《はく》家で預かって頂くか、僕《ぼく》ら『キャメロット』で保護するかですね」

「だろうな……普通に考えれば前者しかないんだが」

俺たち異邦人は本来部外者であり、彼《かれ》らの国の内情にまで踏《ふ》み込《こ》むべきではない。これまでの国では、あくまでも外部の協力者として、戦力を提供する形で戦ってきたのだ。

だが、聖女を保護するとなれば話は別だ。下手をしなくても内政干渉《ないせいかんしょう》、本来であれば俺たちが口出しすべき問題ではない。

「しかし、現在の所スヴィーラ家に――いえ、この国に防衛戦力として導入できる戦力が存在しない」

「戦う力のない人たちに護衛を任せるとか、まあ無茶《むちゃ》ですよねぇ」

「目の届かんところで悪魔に襲われても困るからな」

彼らは残った人々を纏め上げるためにローゼミアの威光《いこう》が欲しいのだろうが、この状況《じょうきょう》で彼女をそんな目立つ場所に置いておくのはよろしくない。

彼女の安全という観点において、そのまま貴族たちに預けるというのは論外だ。

「しかし、同時に彼らのメンタルも決して無視することはできません」

「……まあ、この状況下だからな。縋《すが》りたい気持ちも否定はできんか」

悪魔によって支配され、いつ殺されるかも分からない恐怖に晒《さら》されていたのだ。彼らの心を癒《いや》すには、旗印となる聖女が必要だろう。尤も、彼女を頭に据《す》えて悪魔に反撃するという話であるのならば、それは流石に認めるわけにはいかないのだが。

「面倒なことだが、人前に出ざるを得ないことは仕方あるまい。問題は、どうやって警護するかだな」

「そうですね……ローゼミア様、貴方はどうなさりたいですか？」

「私は――」

アルトリウスに問いかけられ、ローゼミアはしばし沈黙《ちんもく》する。

彼女としても、判断は難しいところだろう。女神《めがみ》の神託《しんたく》とやらでこの国の現状については把握していたようであるし、最早《もはや》戦力らしい戦力が無いことも理解できているはずだ。そして、先程《さきほど》悪魔《あくま》が襲ってきたことからも、彼女が悪魔に狙われていることは間違いない。人前に出るには、大きなリスクが存在しているのだ。

使用人たちが心配そうに見守る中、しばし黙考《もっこう》していたローゼミアは、ゆっくりと言葉を選ぶように声を上げた。

「私は……少しでも人々の不安を取り除きたい。そのために、人々に声を届けたいと……そう思います」

「……ローゼミア様。分かっているとは思いますが、それには大きな危険を伴《ともな》います」

「承知しております。その上で、伏《ふ》してお願いいたします――どうか、私を助けて頂けませんか」

その言葉に、俺は思わず眼を見開く。

それはつまり――

「人々の前には聖女として立ち、その護衛は俺たちに依頼《いらい》する――つまりは、そういうことか？」

「はい……私の存在が少しでも、民の安寧《あんねい》となるのであれば、私はその役目を全《まっと》うしたい。しかし、今の私たちには、あまりにも力が足りません」

また、随分《ずいぶん》と難しいことを言うものだ。

護衛は異邦人に任せるとなると、ローゼミアの扱いは俺たちとこの国の貴族たちの共同で行わなければならなくなる。そうなれば、彼らとの間で揉《も》めることになるのは間違いないだろう。口で言うのは簡単だが、実行するとなるとそれなりにリスクが大きい、厄介な手だ。

しかし同時に、理想的であることも間違いない。

「うーむ……アルトリウス、どう思う？」

「難しいとは思います。しかし……同時に、挑戦《ちょうせん》してみる価値はあるかと」

最大のリターンを求めるのであれば、その体制は決して間違いではない。人々の不安を取り除く役を聖女に任せ、彼女《かのじょ》自身は俺たちの――というより『キャメロット』の手によって管理する。その二点を得るという、最も望ましい方針ではあるのだ。

問題は、貴族たちがそれに納得《なっとく》するかどうかである。既にほぼ力を失っているとはいえ、彼らにも立場がある。その調整は中々に難しいことだろう。

「……まあいい、その辺はお前さんに任せるとしよう」

「面倒だからって丸投げにしていませんか？　本来、クオンさんのクエストですよ？」

「俺には向かん。それに姫さんの方も、お前さんに世話して貰った方が嬉しかろうさ」

「そっ、それはっ⁉」

慌《あわ》てた様子で手をパタパタと振るローゼミアの姿に、思わずくつくつと笑いを零《こぼ》す。

いやはや、アクの強くない女というのは久しぶりに見た気がするな。俺の周りにいるのはどうにも個性の強い連中ばかりだ。

そんな連中の一人である緋真は、意外そうな視線で俺のことを見上げていた。

「珍《めずら》しいですね、先生がそんな配慮《はいりょ》をするなんて」

「あん？　そりゃまあ、口説き落としたのはアルトリウスの方だろう。俺が傍《そば》にいるより、よほど慣れているだろうに。それに見目もいいしな」

「……ああ、そういう意味ですか。いや、分かってましたけど」

「何言ってんだ、お前は？」

「こっちの台詞《せりふ》なんですけど、もう！」

何故か憤慨《ふんがい》した様子で背中を叩いてくる緋真。その様子には困惑《こんわく》しつつも額を指で弾いて反撃しつつ、俺は改めてアルトリウスへと向けて声を上げた。

「ともあれ、そういうことだな。姫さんのことは『キャメロット』に任せる。俺はとっとと悪魔を斬りに行ってくるさ」

「構いませんが……一応、こちらからもフォローはしますので、どこに行くのかは教えてくださいね」

「分かってるさ。増援《ぞうえん》が必要なら連絡《れんらく》する」

「また無茶なことを……一応、他のクランの人々は、聖火の塔《とう》の奪還《だっかん》に動いています。街の奪還に動くとしたらその後ですね」

「了解《りょうかい》だ。まあ、このタイミングだと他の連中の方が先にどこかの街に到達《とうたつ》しそうだがな」

俺たちはこのクエストでそこそこ時間を要してしまったし、時間も時間なのでこれが終わったらログアウトするつもりだ。その時間を考えると、他のプレイヤーが先に到達している可能性は高いだろう。それで攻略《こうりゃく》できているかどうかはさておき、俺たちが一番乗りとはいかない可能性が高い。

まあ、それは仕方ないだろう。別段、都市の攻略を狙っているわけではないのだ。俺は強い悪魔を斬れればそれでいいし、都市の解放は誰《だれ》かに譲《ゆず》ったところで問題はない。

「っと、そうだクオンさん。街に戻ってから少しお時間はありますか？」

「うん？　ログアウトするだけだし、別段用事はないが」

「でしたら、少しお付き合いいただけますか？　ローゼミア様のお披露目《ひろめ》をしたいので」

「お披露目だ？　……ああ、そういうことか」

随分と拙速《せっそく》な話だと思ったが、つまりは既成《きせい》事実を作りたいということだろう。

現地人と異邦人《いほうじん》、両方の前で聖女の姿を晒し、『キャメロット』が彼女を護《まも》っているという事実を周囲に知らしめる。それが全体の共通認識《にんしき》となれば、アルトリウスとしても動き易くなるはずだ。

尤も、あまりやり過ぎるわけにはいかないだろう。今回はあくまで聖女の存在と無事を知らしめ、アルトリウスたちが護衛についている事実を見せるだけでいい。

そしてそれだけならば、あまり大きな準備も必要ないだろう。確か教会の修理はエレノアたちが急ピッチで進めていたし、人が入れる程度にはなっているはずだ。

「お前さんのことだから、既に部下やエレノアたちに連絡はしてるんだろうが……相変わらず、あくどいことを考えるなぁ」

「清廉《せいれん》なだけではいられませんからね。ともあれ……よろしくお願いします、クオンさん」

「抑止力《よくしりよく》の役割、ってことだろ。構わん、ただ立ってるだけだろうからな」

俺《おれ》は余計な連中が口出しをしないよう、武器を携《たずさ》えて控《ひか》えていればいいだけだ。

場合によってはちょいと威圧《いあつ》することがあるかもしれないが、その程度は仕事の内に入らんだろう。聖女の救出が俺のクエストであるということは周知の事実であるし、俺が立っていた方が説得力もある筈《はず》だ。

「また面倒なしがらみが増えてきたが……それはそれで、やりようはあるか」

今までの戦いとは異なる、国に深く入り込んだ上での戦い。それが果たしていかなるものになるのかと、俺は思わず笑みを浮かべていた。

第十四章　閑話・王女、聖女、少女

「ねぇ、緋真さん。ちょっとこっち来て」

「アリスさん？　どうしたんですか？」

聖女ローゼミアを救出し、街へと帰還する際中。周囲の警戒《けいかい》を行っていた緋真は、ふとアリシェラによって呼び出され、彼女の方へと近づいた。

周囲を警戒しているとはいえ、どうしたところで敵の接近に最初に気が付くのは彼女の師であるクオンだ。だからと言って緋真は警戒を怠《おこた》るつもりもなかったが、他に用事があるのであれば、そちらを優先するのもやぶさかではない。一応クオンに目配せしたところ、特に問題はないと肩を竦めていたため、緋真は心置きなくアリシェラの傍に歩を進めた。

緋真が近寄ってきた姿に、アリシェラは安堵《あんど》の吐息《といき》を零している。そんな彼女の姿に疑《ぎ》問符《もんふ》を浮かべながらも声を掛けようとし――彼女の隣《となり》にいる少女の存在に、思わず眼を瞬《またた》かせた。

「こんにちは、緋真様」

「ご、ごきげんよう……？」

蒼銀《そうぎん》の髪《かみ》を流した法衣《ほうえ》の少女。アドミス聖王国の王女にして聖女、ローゼミア。今回の護衛対象である彼女であるが、緋真はここまで殆《ほとん》ど会話しなかったこともあり、思わず普《ふ》段《だん》は口にすることも無いような挨拶《あいさつ》を零してしまった。そんな緋真の様子に、ローゼミアは笑《え》みを浮かべながら声を上げる。

「申し訳ありません。護衛をしていただいている最中ですが、少しお話をしていただきたくてお声がけしました」

「私と話を、ですか……えっと、アリスさんは？」

「先ほどから、少しだけ。ですが、あまりお喋《しゃべ》りはお好きではないようなので……」

ローゼミアの回答に、緋真は思わずアリシェラの姿を見つめる。

歩幅が小さいこともあり、最終防衛ライン代わりに馬車に乗っていたアリシェラであるが、護衛対象であるローゼミアとは殆ど会話をしていなかった。元より、あまり他人との関わりを好まない彼女にとっては、住む世界がまるで違う相手との会話は難易度の高いものであったのだ。

「アリスさん、一応護衛なんですから――」

「護衛の仕事はちゃんとしてるわよ。まあ、クオンがいる以上はここまで敵が来ることはないとは思うけど」

フードを目深に被りながら視線を逸らすアリシェラの仕草は、とてもではないが説得力を与えられるものではなかった。緋真は思わず半眼を向けるが、かと言って彼女の気持ちが分からないわけではない。

（突然《とつぜん》お姫様と会話をしろと言われても、そりゃ困るでしょうね）

ゲームの世界であるとはいえ、目の前にいる相手は正真正銘《しょうしんしょうめい》の王族。通常で考えれば、会話をするどころかこうして顔を合わせることも、声を掛けられることも、全てが特殊《とくしゅ》な状況であると言っても過言ではない。緊張《きんちょう》することも当然であると言えるだろう。

尤も、当の聖女は大変気さくな様子であるため、緋真としては困惑しつつも何とか言葉を交《か》わすことはできた。

「えっと、ローゼミア様？　お話というのは、一体何をお聞きになりたいのですか？」

「はい、女神様の使徒たる皆様《みなさま》のことを。今の状況の経緯《けいい》についてはお聞きしていますが、皆様のことについてはあまり存じ上げていませんので」

言いつつ、ローゼミアはちらりと馬車の前方へ視線を向ける。馬車の中には彼女の使用人たちがいるのだが、緋真はその視線が、更に先へと向けられていることを察知した。

（あー……成程）

その仕草でおおよそのことを理解した緋真は、胸中で苦笑《くしょう》しながら緊張を解していた。ローゼミアの言葉は、決して嘘《うそ》ではないだろう。しかしながら、最も知りたいことは異邦人全体のことではなく——

「そうですねぇ……それじゃあ、私たち異邦人の中でも最大の勢力、『キャメロット』というクランについてお話ししようと思います」

「『キャメロット』、それは——緋真様、その、クランというものは一体何なのでしょう?」

「一言で言ってしまえば異邦人の団体です。ローゼミア様の感覚だと、傭兵《ようへい》団と表現した方がイメージに近いでしょうかね」

先ほどクオン達《たち》と交わしていた会話から、既に『キャメロット』の名前は聞いていたらしい。しかし、そこについては指摘《してき》することはせず、緋真は続けた。

相手が知り合いであればからかいも交えていただろうが、相手はお姫様である。冗談《じょうだん》が通じるとは限らないのだ。

「『キャメロット』は異邦人のクランの中でも最大の規模を持つ団体です。人数だけで言えば他にも多いクランはありますが、『キャメロット』は厳しい入団試験から個々の練度も高い集団となっています」

実力が高いこともあり、『キャメロット』への入団は未だに人気が高い。だが、当然ながら誰でも入団できるというわけではなく、難しい入団試験も行われているのだ。それでも希望が絶えない辺り、その人気の高さが窺《うかが》えるだろう。

「特に集団での作戦行動を得意としていて、これまで数々の戦いで悪魔《あくま》を相手に勝利を収めてきました。その全体指揮を執《と》っているのが、あそこにいるアルトリウスさんです」

「アルトリウス様は、騎士団長《きしだんちょう》なのですか？」

「騎士団長？　あー、確かに騎士っぽいですし、団長ではありますけど」

元々、『キャメロット』には騎士としてのロールプレイをするメンバーも多い。そういう意味では、騎士団長という表現は当たらずも遠からずといったところだろう。どのように説明したものかと緋真は首を捻っていたが、生憎《あいにく》と答えが出る前にローゼミアは話を続けてしまった。

「では……皆《みな》さまは、その『キャメロット』の一員なのですか？」

「いえ、私たち──クオン先生と、そこのアリスさんを含《ふく》めた三人は『キャメロット』のメンバーではありません。当然、先生のテイムモンスターたちも含めてです」

協力関係にはあるため、仲間と表現する分には事実だろう。しかしながら、クオン達は『キャメロット』に所属しているわけではない。

ゲーム内での成績が近く度々《たびたび》交流していたこともあり、クオンが現れるまではアルトリウスの仲間であると勘違《かんちが》いされることが多かった緋真は、苦笑を交えながら首を横に振《ふ》る。ライバルであると認識されてしまうと、色々と面倒なのだ。

「私たちは『キャメロット』の同盟相手ではありますが、所属はしていないので、彼の下で動いているというわけではないんです。基本的に目的は一緒《いっしょ》なので、協力関係にはありますけど」

「成程、そうでしたか……」

「はい、なので安心してください」

最後に付け加えられたその言葉に、ローゼミアは元々大きな目を見開く。そして数秒ほど硬直した後、頬《ほお》を染めて声を細めながら問いを発した。

「あの……そんなにも、分かり易かったでしょうか？」

「アルトリウスさんはあの通りなので、同じようなことを聞かれたことが何度かあるんですよ。先生がこっちに来てからは殆ど無かったですけど」

ローゼミアの問いに対して、緋真は思わず苦笑を零しながらそう返す。アバターを製作できるこの世界で、外見を評価することはあまり意味が無いと緋真は考えている。だが、それを踏まえて態度や実績を考えると、アルトリウスは確かに魅力《みりょく》あふれる人物だろう。

尤も、緋真にとっては戦力と立場以上の興味はない相手であるが。

「ただ、やっぱり人気のある人ではありますから、憧《あこが》れている人も多いです。ローゼミア様にとっては、ライバルになる人は多いかもしれません」

「ら、らいばる……い、いえ、アルトリウス様はとても素敵《すてき》なお方ですから。耳目《じもく》を集めるのは当然のことかと思います」

そんなローゼミアの言葉に、緋真は若干《じゃっかん》ながら驚《おどろ》きを覚えて目を瞠《みは》った。出会ってからまだ殆ど時間が経《た》っていないにもかかわらず、これほどの反応を見せたこと。同時に、そんな感情を抱《いだ》きながらもライバルを許容するかのような言葉。そのどちらも、緋真にとっては初めての反応であったが故に。

（ホント、罪な人ですよね、アルトリウスさんも）

アルトリウスは度を越《こ》えて鈍感《どんかん》な人物というわけではない。むしろ、人間の機微《きび》には敏《びん》感《かん》なタイプだと言えるだろう。ローゼミアが己《おのれ》に対して向けている感情も、ある程度は察していると予測できる。尤も、出会って数時間の相手にそれほどの感情を向けられることは予想外だろうが。

（うーん……どうなんだろう。個人的には応援《おうえん》したい気もするけど、文字通り色んな意味で住む世界が違う相手だし）

騎士然としているとはいえ、アルトリウスはあくまでも一般人《いっぱんじん》。しかもこの世界においては外様《とざま》である異邦人だ。立場の上でも釣《つ》り合っているとは言えないだろう。

更に言えば、そもそもにして住んでいる世界が異なっている。アルトリウスは、あくまでものこのゲームの世界の住人ではないのだから。ローゼミアが抱いている恋心《こいごころ》を肯定《こうてい》することは、どうしたところで困難だ。

(うーん、でも――)

純粋《じゅんすい》な、憧れとも異なる熱の篭《こも》った視線。それを否定することは、緋真には絶対にできないことであった。故に、緋真は気づかれぬように小さく溜め息を吐《は》き出し、心の中で決める。

(まあ、私が個人的に応援するぐらいなら、別に問題ないでしょう)

――そんな小さな葛藤《かっとう》が、思わぬ形で解決することになるなど、今の緋真には想像することもできなかったのだった。

第十五章　聖女のお披露目

アイラムの街まで帰還した俺たちは、その足でさっさと街の教会まで足を運んだ。

行動の指針については既にエレノアに話をしており、こちらも準備は完了《かんりょう》している。

尤も、教会を使いたいと言ったら大工たちにふざけるなと言われたらしく、結局教会前の広場に雛壇《ひなだん》を置いて対応することとなったのだが、広さは教会内よりも広いため悪くない選択肢《せんたくし》だと言えるだろう。

ともあれ、ステージは既に整えられている。貴族たちにも適当な理由は説明済みだ。後は、集まった人々に対して演説を行うだけだ。

「準備はよろしいですか、ローゼミア様」

「……はい。よろしくお願いします、アルトリウス様」

雛壇の後ろ側で、ローゼミアはゆっくりと深呼吸を行っている。箱入りも箱入り、これほど多くの人々と会った経験もないであろう彼女は、緊張を隠《かく》しきれずにいるようだ。

まあ、それに関しては無理もない。慣れていようが、これだけ多くの人々を前に、衆目に晒されることには緊張せざるを得ないだろう。しかし、ここで足を止めてばかりもいられない。そしてローゼミア自身も、覚悟《かくご》は決めた様子であった。

彼女はゆっくりと壇上《だんじょう》へ足を踏み出し、俺たちはその脇《わき》を固める形で壇を登る。

高い位置に登って見えるのは、無数のプレイヤーと現地人たち。どうやら、プレイヤーの方が数は多いようだ。

まあ、現地人たちの数の方が少ないのは、現状を考えれば致《いた》し方《かた》ないことだろう。むしろ、その状況でありながらもプレイヤーと遜色《そんしょく》ない数が集まってきている時点で、注目度の高さが窺える。

（今のところ問題はなさそうだが……これでは声が通らんな）

一応、壇上にはマイクのようなアイテムを配置している。棒の先に緑色の透明《とうめい》な石が備え付けられている、杖《つえ》のような代物《しろもの》であるが、これがスタンドマイクのような役割を果たすのだ。アイテム名としては拡声器なのだが、これは現実世界における拡声器ほどの効果はない。

儚《はかな》げな印象の美少女であるローゼミアに、プレイヤー一同は大興奮の様子で、このままではマトモに話ができそうにない。小さく嘆息《たんそく》し――俺は軽い殺気と共に足を踏みしめて大きな音を打ち鳴らした。そのまま周囲を睥睨《へいげい》すれば、水を打ったように静寂《せいじゃく》が広がる。

「ありがとうございます、クオン様」

薄《うす》く笑みを浮かべて礼を述べるローゼミアに、こちらは軽く肩を竦めて返す。彼女も俺の殺気を浴びた筈であるが、中々に肝《きも》が据わっているようだ。或《ある》いは、日頃《ひごろ》から超常《ちょうじょう》の存在に触《ふ》れているためであるだろうか。

何にせよ、話をするための環境《かんきょう》は整った。彼女の仕事は、ここからが本番だ。

「皆様、はじめまして。私の名前は、ローゼミア・アドミナス。このアドミス聖王国の第二王女であり、恐れながら聖女の位を頂いている者です」

ざわざわと、声が広がる。だが、茶々を入れる様な声は上がらない。チラチラと俺のことを気にしている辺り、先程《さきほど》俺に威圧されたことを気にしているのだろう。その辺りの恐《きょう》怖《ふ》については、彼女が背負う必要はない。つまり、俺は所謂《いわゆる》『怖《こわ》い刑事《けいじ》役』というやつだ。

「現在、この国は未曽有《みぞう》の危機にあります。八大都市の全ては落とされ、私以外の王族は死に絶えました。そして未だ、悪魔は人々を支配し、命を奪《うば》い続けています」

ローゼミアが口にしたのはこの国の偽《いつわ》らざる現状だ。既に周知の事実であるし、現実の再確認《かくにん》にしか過ぎないが――改めて耳にすると、その絶望感は並大抵《なみたいてい》のものではない。

聖女ローゼミアは胸の前で手を組み、祈《いの》りを捧《ささ》げるように声を上げる。

「最《も》早《はや》我《わ》が国《くに》に悪魔に対抗《たいこう》する力はなく、滅《ほろ》びは目前です。それは、決して否定することはできません。しかし、主は我らを見離《みはな》しはしませんでした」

祈るように手を組んだまま、ローゼミアは顔を上げる。

どこか陶然《とうぜん》とした、形なきものに語り掛《か》けるかのような声。それは、件の女神とやらに語り掛けているがためなのだろうか。しかし、その儚げな容貌《ようぼう》とも相まって、彼女はそれだけでも随分神秘的な雰囲気《ふんいき》を醸《かも》し出していた。

聖女の宣伝をするという目的に関して言えば、十分すぎる効果を発揮できるだろう。

そんな茫洋《ぼうよう》とした視線を、ローゼミアはゆっくりと降ろし、集った人々へ――いや、プレイヤーたちへと向ける。

「異邦人の皆様。女神様のお力により、この地に降り立った戦士。最後に残った王族として、女神に仕える聖女として――皆様に、伏してお願いを申し上げます」

聖女はプレイヤーたちへと視線を向けながら、ただ真っ直ぐに声を上げる。

決して大きくはないが、自然と耳朶《じだ》に届くその声は、この場に集う全てのプレイヤーに届いていることだろう。その美貌《びぼう》も相まって、プレイヤーたちは見惚《みと》れたようにローゼミアのことを見上げていた。

「どうか、私たちにお力をお貸しください。悪魔を討《う》ち、この国をお救い下さい。どうか、どうか……お願いいたします」

ローゼミアに差し出せるものなど無い。故に、彼女には言葉で願いを伝える以外の手段はないのだ。

このままでは、依頼としては少々弱い。だが――ここからが、アルトリウスの仕事だ。

ローゼミアの言葉の後に前に出たアルトリウスは、手を掲《かか》げて力強く宣言した。

「『キャメロット』の同胞《どうほう》たちよ！　我々『キャメロット』は、聖女ローゼミア様の願いを果たすため、彼女の下で対悪魔の戦線を構築する！　異論はあるか！」

「いいえ、我らがマスターよ！」

「貴方《あなた》が選んだ道であれば、我々が全力で支えるまでです」

アルトリウスの宣言に対し、前列にいたディーンとデューラックが同調する。他の部隊長たちも次々に同調し、そしてその部下に当たるメンバーにもその流れは伝播《でんぱ》していく。

同調圧力というと少々聞こえは悪いが、周りが同意しているとそれに流される人間は結構いるものだ。そして最大勢力である『キャメロット』が全面的に協力するとなれば、他のクランも競《きそ》うように同調する者が出てくる。そしてそうなれば、後は簡単だ。

「聖女様、万歳《ばんざい》！」

「聖女様、ありがとうございます！」

その熱狂《ねっきょう》の流れを、聖女への感謝に向ける。どうやら、現地人に見せかけたプレイヤーのサクラを仕込《しこ》んでいたらしい。その辺りの悪知恵《わるぢえ》はアルトリウスか、或いはエレノアのものか。どちらにせよ、盛り上がっているプレイヤーたちは特に考えもしないまま、聖女に対してアイドルを見るかのように歓声《かんせい》を上げている。

とりあえず、これでプレイヤーのモチベーションをある程度上げることができただろう。それに、これもイベントの一部であると認識しているだろうし、お祭り騒《さわ》ぎ程度の認識である筈だ。

女にいいところを見せたい、そんな単純な連中は中々に多いものだろうしな。

「ローゼミア様、僕たちは貴方の刃《やいば》として、貴方に協力します。共に、この国を取り戻しましょう」

「アルトリウス様……本当に、ありがとうございます」

跪《ひざまず》いて礼をするアルトリウスの肩に、ローゼミアはそっと手を添《そ》える。それはまるで、騎士に任命するかのように。その姿を眺《なが》め、俺は横から小さく笑みを浮かべた。

この言葉の通りであれば、俺たちはあくまでもローゼミアの下で戦うことになる。それはつまり他の貴族たちは関係なく、彼女個人に協力するということだ。彼らがどう出るかは分からないが、これで言質《げんち》は取れた。

ちらりと横目に確認すれば、一部の貴族たちは苦い表情を浮かべている。やはり一部の貴族は聖女を利用した上で俺たちを意のままに操《あやつ》りたかったのだろうが、流石《さすが》にそう簡単に利用されてやるつもりは無い。

アルトリウスに声を掛けたローゼミアは、再び人々の方へと向き直る。その顔に湛《たた》えられているのは、穏《おだ》やかで優《やさ》しい笑みだ。

まさに聖女と言わんばかりの表情を浮かべ、ローゼミアは再び胸の前で手を組む。

「ありがとうございます、皆様。私に返すことができるものは少ないですが……せめてもの祝福を贈《おく》らせてください」

そう宣言した瞬間《しゅんかん》、ローゼミアの体が淡《あわ》く輝《かがや》き始めた。薄いピンク、桜の花弁のような色合いの光は、手を組んで祈りを捧げる彼女の体からジワリと立ち上る。

その輝きはゆっくりと空に舞《ま》い上がり――――やがて、光の粒《つぶ》となって人々に降り注いだ。

『《聖女の祝福》のスキルを取得しました』

「……何だと？」

唐突《とうとつ》に響《ひび》いたインフォメーションに、呆気《あっけ》に取られて思わずそう呟《つぶや》く。咄嗟《とっさ》にスキルの詳細《しょうさい》を確認してみれば、そこには驚くべき内容が表示されていた。

■《聖女の祝福》：補助・パッシブスキル

聖女ローゼミアによる祈りの祝福。

ＨＰが０になった瞬間、一度だけＨＰ１で復活する。

クールタイムは24時間。


ダメージによって死亡した際、一度だけ耐《た》えることができるスキル、ということらしい。どうやらレベルのないスキルらしく、効果が向上することも無いようだが、それを差し引いても強力なスキルだ。

まさか、今の祈りだけでこの場にいる全員にスキルを付与《ふよ》したということか。ローゼミアの様子を見ても消耗《しょうもう》した様子はなく、どうやらそれほど大変な作業ではないようだ。

これは、今受け取れなかったプレイヤーたちの処理が面倒《めんどう》なことになりそうだな。

そう考えてちらりと横を見ると、アルトリウスの笑みが若干引きつっているのが見えた。

まあ、頑張《がんば》ってくれとしか言えない。

「皆様の無事を、お祈りしております」

慈愛《じあい》に満ちた、聖女の声。それが響き渡《わた》った直後、広場は巨大《きょだい》な歓声に包まれていた。

第十六章　悪魔たち

「やあ、こんにちは、諸君。良く集まってくれたね」

アドミス聖王国、その王都に当たる都市、聖都シャンドラ。

その城の中で、数人の人影《ひとかげ》が一堂に会していた。といっても、それらは全て人間ではない。そこに集まっていたのは全て、人ならざる悪魔たちであった。

元は王族の食堂であった場所、その最奥《さいおう》の椅子《いす》に腰《こし》を下ろしているのは、赤髪の悪魔ディーンクラッド。この地を攻《せ》める悪魔たちの長である彼は、肘掛《ひじか》けに頬杖《ほおづえ》を突《つ》きながら、淡い笑みと共に集った悪魔たちへと声を掛けた。

「公爵《こうしやく》閣下の命とあらば……」

「ええ、ええ！　馳《は》せ参《さん》じないわけにはいきませんとも！」

ディーンクラッドの声にまず返答したのは、鎧《よろい》を纏《まと》う老人姿の悪魔と、ニタニタとした笑みを浮かべた小柄《こがら》な悪魔だった。他の悪魔たちは声を上げなかったが、概《おおむ》ね同意見であるといったところだろう。

そんな彼らの様子に、ディーンクラッドは楽しそうに笑みを浮《う》かべて声を上げる。

「ありがとう、バルドレッド、セルギウス。ブラッゾとゼオンガレオス、グランスーグもね」

「……ふん」

「チッ……アンタのせいで忙《いそが》しいんだ、あんまり呼び出してくれるなよ」

「貴様、ディーンクラッド様に――」

「グランスーグ、構わないよ。皆に仕事を言い渡していることは事実だからね」

悪態を吐くゼオンガレオスに、グランスーグが眦《まなじり》を吊《つ》り上げる。だが、そんな彼を押《お》し留《とど》めたのは、他でもないディーンクラッド本人だった。事実、彼は全く気にも留めていない様子で、表情を変えることなくにこやかに声を上げている。

そんな様子が気に入らないのか、ゼオンガレオスは顔を顰《しか》めるが、それ以上言及《げんきゅう》することはなかった。圧倒的《あっとうてき》な力の差があることを、彼は理解しているのだ。

「さて、今回集まって貰《もら》ったのは他でもない。ついに異邦人たちがこの地に到達したことを、君たちにも伝えておこうと思ってね」

「ええ、ええ！　存じ上げておりますとも！　早くも都市一つを奪われてしまったと！　はてさて……そこを担当していたお方は、一体何をしていたのやら」

セルギウスは歪《ゆが》んだ笑みを浮かべたまま、その視線を横へと向ける。

ディーンクラッドの正面、そこに座しているのは彼《かれ》と同じような赤い髪を持つ悪魔。その『彼女』は、腕《うで》を組んだままセルギウスの言葉を鼻で笑い、声を上げた。

「勝手に担当にしないでくれるかしら。私は別に、ディーンクラッドに従っているわけじゃないいんだけど」

「ふむ……都市の管理には興味は無いか。君にもリソースの回収というメリットはある筈だがね――ロムペリア」

「ええ、そんなものに興味はないわよ、公爵様。言ったわよね？　この地で活動することの交換《こうかん》条件として、都市の攻略には力を貸すと。その約定は果たしたのだから、後は貴方の責任でしょう」

赤髪の女悪魔、黒いレザーの衣《ころも》で身を包んだ美女――ロムペリア。

そんな彼女の物言いに、ディーンクラッドは苦笑を零す。傲岸不遜《ごうがんふそん》な彼女が、今ここに来た目的を理解したためだ。

「確かに、約定は果たしてくれた。都市を守り切れなかったのはグレイガーの落ち度だろう。それを君に問うつもりは無いよ、ロムペリア」

「そ、なら行ってもいいかしら？」

「おや、『彼』の動向ぐらいは聞いておいた方が良いんじゃないのかい？」

「……フン」

小さく舌打ちして椅子に座《すわ》り直す。

腰を上げようとしていたロムペリアであったが、そのディーンクラッドの言葉に対し、

その様子を満足気に眺めたディーンクラッドは、姿勢を正すと改めて声を上げた。

「異邦人……女神《めがみ》の使徒と呼ばれる彼らは、南の国でヴェルンリードを打ち破り、この地へと到達した。そして彼らはすぐさま南の都市へ攻撃《こうげき》を仕掛《しか》け、グレイガーを滅ぼして都市を奪ったようだ……そうだね、セルギウス？」

「ええ、おまけに言えば、例の聖女とやらも確保した様子。手勢を差し向けたのですが、どうやら対応されてしまったようで。いやはや、もっとスピードの出せる実験体を増やしておくべきでしたね」

やれやれと肩《かた》を竦《すく》めるセルギウスに、ディーンクラッドは小さく笑う。その笑みの中には、決して彼を叱責《しっせき》するような色はなかった。それどころか、それが喜ばしいといわんばかりに、彼は笑みのままに声を上げる。

「君たちも知っておいた方が良いだろう。その聖女を確保した異邦人こそ、ヴェルンリードを討った者。そして、グレイガーを倒《たお》し都市を解放した男――そこのロムペリアが、宿

敵と認めた人間だ」

ディーンクラッドのその言葉は広い部屋へと響き渡り——同時に、悪魔たちの雰囲気は一気に変化した。一部は戦意を、一部は猜疑《さいぎ》を。どのような形であれ、悪魔たちはその人間に対する興味を抱いたのだ。

その中で、真っ先に反応したのは鎧を纏う悪魔、バルドレッドだ。彼は戦意を滾《たぎ》らせ、身を乗り出しながらディーンクラッドへと告げる。

「閣下、ご命令とあらば、私がその人間を討ってみせましょう」

「止めておいたら、バルドレッド。貴方じゃ返り討ちに遭《あ》うわよ」

「……どういう意味だ、ロムペリア」

「そのままだけど。貴方じゃあの男には勝てないわ」

やれやれと肩を竦め、ロムペリアは席を立つ。そんな彼女に対し、バルドレッドは机を叩《たた》きながら怒声《どせい》を上げた。

「待て、ロムペリア！」

「聞きたいことは聞けたのだから、もうここにいる理由は無いもの。私は自由にやらせて貰うわ」

「なら、最後に二つ聞かせてくれるかい、ロムペリア」

「……何かしら?」

傲岸不遜なロムペリアとは言え、ディーンクラッドの言葉までは無視できない。不機嫌《ふきげん》そうな様子ながら足を止めた彼女《かのじょ》に、ディーンクラッドは調子を変えぬままに声を上げた。

「一つ。何故《なぜ》君は、バルドレッドではその男に勝てないと思ったのかな?」

「単純に、勝っている点がリソースの量しか無いからよ。それはここにいる全員に言えることだけどね」

言外に、ディーンクラッドとて例外ではないと含ませながら、ロムペリアは告げる。

とはいえ、ディーンクラッドの持つ力は圧倒的だ。彼が出たならば、執心《しゅうしん》する魔剣《まけん》使いとて敵《かな》う相手ではないと思っているが。しかし、それでも——その差は力の総量の差でしかないと、ロムペリアはそう判断していた。

「リソースの差はいずれ埋《う》まる。そうなった時、他で勝る点が無い貴方たちが負けるのは道理でしょう?」

「成程《なるほど》、理に適《かな》った話だ。では二つ……そう考える君は、これからどうする?」

「力と技を磨《みが》きあげる、ただそれだけよ。リソースの差ではなく、純粋な力であの男を上回る——だから、邪魔《じゃま》はしないで」

それだけ告げると、ロムペリアはさっさとこの場から転移して姿を消したのだった。

かき消えた彼女の姿を見送り、ディーンクラッドは軽く笑みを零《こぼ》す。全くもって、予想外の出来事が起きているものだ、と。

「よろしいのですか、閣下。あのような勝手を許して」

「元々、彼女は僕《ぼく》の部下ではない。そして、完全なる自由行動を王より認められている。僕が口を出すことではないさ」

「おいおい、あの女がどうしてそこまで優遇《ゆうぐう》されてるってんだ。俺らと同じ伯爵《はくしゃく》級だぜ⁉」

「いや、ゼオンガレオス。今の彼女は伯爵級ではないよ」

「ああん？　まさか、侯爵《こうしゃく》まで上がったってのか⁉」

眼を剥《む》くゼオンガレオスに、ディーンクラッドは笑みを零す。本当に、愉快《ゆかい》で仕方がないというかのように。

「いいや、逆だよ。彼女は、自らの爵位《しゃくい》を返上したのさ」

「な……⁉」

「曰《いわ》く、数字などに興味はないとね。そして、王はその言葉をいたく気に入ったのさ。そして彼女は、爵位と引き換《か》えに自由に行動する権利を得た。今の彼女はただのはぐれ悪魔であり――同時に、彼女の実力は既《すで》に侯爵級に届いているだろう」

ディーンクラッドの言葉に、悪魔たちは揃《そろ》って絶句する。その行動は、悪魔としてはあまりにもあり得ないものであったが故に。

悪魔にとって、力とはリソースの総量そのものだ。多くの人間を殺すほど、悪魔たちは力を得ることとなる。そうであるが故に、技術を磨くなど、悪魔にとってはあまりにも非効率的な行動であったのだ。

だがそれを、ディーンクラッドは――そして、魔王《まおう》は認めた。それもまた、一つの在り方であると。

「人間と同じ成長をする悪魔か……そのような存在が生まれるなど、王すら予見していなかった。実に興味深いことだ」

「……閣下は、あのような在り方が正しいと？」

「いや、悪魔として正しいとは言わないさ。だが、それは僕の考えであり、彼女は今の己が正しいと信じている。それに口出しするつもりは無いというだけの話さ」

それで話は終わりだとばかりに、ディーンクラッドは悪魔たちを見回す。その怜悧《れいり》な視線に見つめられ、悪魔たちは揃って沈黙《ちんもく》した。対し、己が部下たちの様子に淡い笑みを浮かべながら、ディーンクラッドは続ける。

「さて、話を戻《もど》すとしよう。これより、この地には異《い》邦人《ほうじん》たちが姿を現すことになる。彼らの出現は我々にとっては邪魔でもあり――同時に、チャンスでもある」

「異邦人たちは死しても復活する。リソースを回収しても使い減りしませんからなぁ」

「挑《いど》んでくるのであれば、全て叩き潰《つぶ》すまでのことだ」

「その通り。言わばここまでは前哨戦《ぜんしょうせん》、ここからが本当の戦いというわけだ」

そう告げて、ディーンクラッドは表情を変える。先ほどまでとは異なる、不敵な笑みへと。

「僕の完全顕現《けんげん》まで、おおよそ三十日といったところかな。君たちはこれまで通り、リソースを集めて欲《ほ》しい。異邦人が現れたならば、それを悉《ことごと》く返り討ちにしたまえ――さあ、戦争を始めよう」

闘争《とうそう》こそが悪魔の本懐《ほんかい》、その言葉に彼らは戦意を滾らせる。

この地の人間たちとの戦いは、思っていた以上に容易《たやす》く終わってしまった。であれば、ここからがお楽しみであると。

――その遥《はる》か上空で、赤髪の悪魔は小さな失笑《しっしょう》と共に姿を消したのだった。

第十七章　次なる街へ

日々の修練を終え、いつものごとくログインする。

普段と若干異なるのは、アリスも――亜里沙《ありさ》も稽古《けいこ》に参加していたことだろう。といっても、彼女がやっていたのは本格的なものではなく、護身術の範疇《はんちゅう》に留まっている程度のものであったが。

彼女は普段から十分動けているし、自分自身の体の動かし方も十分に理解している。だからこそ余分なものを身に着ける必要はなく、体捌《たいさば》きや足運びだけを指導することとなったのだ。

主に、俺《おれ》が師範代《しはんだい》たちに稽古をつけている間はそれを行い、その後明日香に稽古をつけている間は希望者に対して虚拍《こはく》の指導を行う。亜里沙の仕事は、基本的にこれだけなのだ。

まあ、本人としてはそれだけで五十万近い給料を貰えることに困惑《こんわく》していたが、俺としてはそれ以上の仕事を入れられるとゲームの時間が減って困ってしまう。ここは素直《すなお》に、少ない業務で楽をして貰うとしよう。

「さてと……慌《あわ》ただしいこったな」

ログインしたアイラムの街は、既に多くのプレイヤーが行き交っている。その多くは『エレノア商会』に所属する生産職たちだろう。

アイラムは悪魔による破壊《はかい》が少なかったとはいえ、皆無《かいむ》であるというわけではない。これを元通りにするには、それなりの時間が必要なのだ。最近は、元々あまりいなかった大工のプレイヤーも増えているという。自分たちで街づくりをするのが好きな人々であるとの話だったが……正直、その辺の感性は俺には良く分からないものだ。

ともあれ、アイラムが急速に復興していっていることに変わりはない。

（問題は、それを使う人間が少ないことだろうがな）

視線を細め、胸中で呟く。全ての人々が殺されたわけではないが、現地人の多くが悪魔の手にかかってしまった。この地の人々の数は激減しており、元のまま街を復興させたとしても、半ばゴーストタウンに近い状態となるだろう。

国としての運営もそうだが、果たしてどのように動かしていくのか——

「……捕《と》らぬ狸《たぬき》の皮算用だな」

「先生？　いきなり何ですか？」

「いや、独り言だ。さて、出発前にアルトリウスに話をしておきたいんだが……と」

一応俺の行き先は伝えておいて、あわよくば情報も貰う。最悪メールでもいいんだが、できれば顔を合わせて話しておきたいところだ。まあ、だからアナログな人間だといわれるのだが。

アルトリウスと接触《せっしょく》するためには、まずメールなどで連絡《れんらく》するか、或いは『キャメロット』のプレイヤーを探して渡りをつけるかだ。だが、今回はそのどちらでもない。離《はな》れた位置ではあるのだが、見知った姿を発見することができたのだ。

「あ、聖女様……説法ですかね？」

「聖女が説法をしてる、ってのは良いんだが……周りの連中はどういうことだ」

「何だか、アイドルのライブみたいな状態ね、あれ」

アイラムの中央広場には教会が建っており、聖女ローゼミアはその前で説法を行っているようだ。だが、それを真摯《しんし》に聞いている現地人の後ろで、何故か一部のプレイヤーがサイリウムのような棒を振りながら応援している。いや、声を上げてはいないため騒いでいるわけではないのだが、それにしても異様な光景だ。

その様子に半眼を浮かべていると、苦笑を零した緋真《ひさな》が解説の言葉を口にし出した。

「この間、聖女様がスキルを配ってくれたじゃないですか。あれを逃《のが》した人も、クエストをやればスキルを貰えたらしくて、すっかり人気になっちゃったんですよね、聖女様」

「それでアイドル扱《あつか》いってか？　現金な連中だな」

「見た目も可愛《かわい》いですしね。すっかり大人気ですよ」

いつの時代も、男はこうも分かり易《やす》いということか。

ともあれ、ローゼミアがあそこにいるのであれば分かり易い。今、聖女の護衛は『キャメロット』が行っている。あの聖女様はアルトリウスにご執心のようであったし、近くにいる可能性は高い。そう考えつつぐるりと後ろに回り込《こ》んでみれば、案の定、教会の扉《とびら》前辺りで控《ひか》えるアルトリウスの姿を発見した。

向こうもこちらに気づいたようで、軽く目を見開いて会釈《えしゃく》をしてくる。それに軽く手を上げて返しつつ、聖女の邪魔はせぬように接近した。

「よう、またおかしな状況《じょうきょう》になってるな」

「ははは……まあ、プレイヤーに彼女が受け入れられるのはいいことではあるのですが、ここまで人気が出るとちょっと慎重《しんちょう》にならざるを得ないですね」

こいつのことだ、ローゼミアが前に出ることを決めた以上、ある程度はアイドル扱いするつもりではあったのだろう。だが、それを演出するよりも早く、彼女は己自身の力で支持者を集めてしまった。結果的には同じなのかもしれないが、準備期間を取れなかったことはアルトリウスにとっても痛い点だろう。

「個人的には少々頭が痛いですが……プレイヤーが彼女に興味を持ってくれるのは良いことです。彼らが積極的に動いていれば、この国の人々へのアピールにもなりますからね」

「俺たちが聖女のために戦っている、ってか？」

「そういうプレイヤーも少なからず生まれています。それが多ければ多いほど、彼らへのアピールになりますね」

言いつつ、アルトリウスは視線で隣《となり》の建物の方を示す。その窓の向こう側に、幾人《いくにん》かの人影を発見することができた。どうやら、貴族たちも聖女の動向から目が離せないようだ。

「……連中の動きとしてはどうなんだ？」

「僕が干渉《かんしょう》してくることを快く思っていない人もいるようですが、状況が分かっていないわけではないのでしょうね。僕らという戦力を拒《こば》むことも無いようです」

「ふむ……お前さんの感触《かんしょく》としてはどうだ？」

「しばらくは問題ないでしょう。彼らにも余裕《よゆう》が無く、藁《わら》にも縋《すが》りたい状況ですから。今後仮に余裕ができたとしても、それまでに外堀《そとぼり》を埋めておけば問題はありません」

要するに、『キャメロット』は聖女の護衛から降りる気はないということだ。

まあ、その方がローゼミアにとっても幸福なことだろう。戦力という面でも、しがらみという面でも、アルトリウスの方がよほど安心できるはずだ。

「とりあえず、聖女周りはそちらに任せるとして……俺はそろそろ次の街に向かうが、状況はどうだ？」

「今のところは南西と南東、どちらも未攻略《こうりゃく》です。というか、攻めあぐねている状態です」

「攻めあぐねている？」

「南西の方については、純粋に悪魔《あくま》が精強です。どうやら、強力な悪魔が率いているようですね。そして南東の方は奇妙《きみょう》な悪魔が多数出現しているようです」

「奇妙ってのはどんな悪魔だ？」

「異形の悪魔が多いとのことですよ。腕が多かったり、触手《しょくしゅ》が生えていたりするそうです」

アルトリウスの言葉に、思わず眼を細める。その特徴《とくちょう》は、まさしく聖女を護送しようとした際に出現した悪魔そのものであったからだ。

アルトリウスもそう考えているのだろう、表情を変えた俺に軽く頷《うなず》きながら続ける。

「いかなる存在なのかは分かりませんが、ローゼミア様を狙《ねら》ってきたのはその街にいる悪魔でしょう。しかし、街自体が迷宮《めいきゅう》化しているという報告も上がっていまして……」

「ふむ、そちらは面倒《めんどう》そうだな。とりあえず、俺は南西の方に行くとしよう」

「そう言うと思っていました。後でメールに資料を送っておきますので、到着《とうちゃく》までに読んでください」

「済まんな、感謝する」

そういう同盟であるとはいえ、至《いた》れり尽《つ》くせりなものだ。まあ、アルトリウスからすれば、俺が戦果を挙げることを期待している節もあるようだが。

さて何にせよ、方針は決定した。目指すは南西の都市、精強な悪魔が集うという街だ。

「先生ならそっちを選ぶだろうなとは思ってましたけど……いきなりそんな難易度高そうなところでいいんですか？」

「その方がこちらも挑み甲斐《がい》があるってもんだろう？　どの程度強い悪魔がいるのか……楽しみじゃないか」

ジワリと湧《わ》き上がる殺意を抑《おさ》えながら、俺は嗤《わら》う。

敵が精強であるというのであれば、望むところだ。強敵と戦えるということでもあり、同時に奴《やつ》らの大きな戦力を潰すことができる。都市の一つを任されている悪魔だ、少なくとも子爵《ししゃく》級、下手をすれば伯爵級の悪魔が存在するだろう。慎重に行く必要はあるが、倒せた時のリターンはかなり大きい。

俺は中央広場を離れ、街の北側へと向かいながら、従魔結晶《けっしょう》よりルミナたちを呼び出した。

「できれば現地にいるプレイヤーからも情報を得たいところだが……まあいい、詳《くわ》しくは現地についてからだ」

「それなら、私が移動中に情報を集めておきましょうか？　どうせ、緋真さんの背中で暇《ひま》してるわけだから」

「戦闘《せんとう》は出ろよ？　だが、それは確かに助かる。頼《たの》むぞ、アリス」

「どうせ掲示板《けいじばん》を眺めるだけなんだけどね。ま、適当にやっておくわ」

騎獣《きじゅう》での移動の場合、アリスはどうしたところで暇になってしまう。その間の時間潰しにはちょうどいいことだろう。

まあ、先行しているプレイヤーが下手なことをしていないかどうかという心配はあるが――そこは今気にしたところで何かできるわけではない。

今はさっさと、目的地へ向かって移動することとしよう。

「こんな行き当たりばったりでいいのかなぁ……」

「情報ならこれから送られてくるだろうが。全く情報なしってわけじゃないんだから、泣き言を言うな」

嘆息する緋真を半眼で見つめつつ、俺はセイランに騎乗《きじょう》する。

土地勘《とちかん》が無いだけに、移動にもそこそこ時間がかかる。到着するまでには、判断に足る情報は集まっていることだろう。どのように戦うかは、その結果次第《しだい》だ。

どちらにせよ、悪魔に支配されている土地だ、あまり希望を抱《いだ》くべきではないだろうが

――だからこそ、容赦《ようしゃ》なく悪魔を叩き斬《き》れる。

どのような悪魔が支配しているのか、それを楽しみにさせて貰うとしよう。

第十八章 南西の都市

アドミス聖王国、南西の領地――この国に於《お》いては侯爵の地位を持つ……いや、持っていた人物の領地。その領都である街こそが、今回の目的地だ。

南西の都市といっても、アイラムの街から見れば北西の方角にある。あらかじめ地図で位置を確認した俺たちは、そちらの方角へと向けて一直線に移動を開始した。

あまり移動に時間をかけるつもりも無い、遭遇《そうぐう》すれば戦いもするが、あまり積極的に敵に仕掛けて行くつもりも無かった。流石に、移動だけで時間を使い切ってしまうのは勿体《もったい》ない。せめて、多少情報を集める所まではいきたいところだ。

「えっと……こっちは、強い悪魔たちがいるんでしたっけ？」

「アルトリウスが精強な、と表現していたが……主として強い悪魔と言うより、単純にレベルが高い悪魔という印象だな」

南西の都市にいる精強な悪魔。南東の都市にいる異形の悪魔。どちらも強力かつ厄介《やっかい》な相手であるようだが、個人的な好みとしてはこちらの南西の悪魔だ。純粋《じゅんすい》に強い相手であれば俺としても戦いやすく、そして楽しめる相手であると言える。

まあ、伝聞である以上、どこまで信用したものかは全く分からないが。

「とりあえず、貴方の推察はそれほど間違《まちが》ってるわけじゃないみたいよ」

「ほう、情報が上がってたか。悪魔共に負けたプレイヤーたちか？」

「ええ、随分《ずいぶん》と愚痴《ぐち》ってるわね」

緋真の背中にしがみつくような形で掲示板画面を操作しているアリスは、俺の言葉に首肯《しゅこう》する。その笑《え》みは苦笑《くしょう》か、或《ある》いは嘲笑《ちょうしょう》か。まあどちらにせよ、プレイヤーたちはあまり善戦しているとは言えない状況のようだ。

「敵は最低でもデーモン、それも中々の高レベル。デーモンナイトやそれに従う魔物《まもの》たちについても、結構な強さの様子ね。厄介なのは、きちんと組織立って行動していることかしら」

「……悪魔共が、組織立って行動だと？」

「ええ。少なくとも五体の集団で動き、活動している。まず街の中に入ること自体が中々に難しい状況みたいね。入れたとして、正面から打ち勝てる相手でもない。中々の難題ってところかしら」

肩を竦めて告げるアリスに対し、こちらは顎《あご》に手を当てて黙考《もっこう》する。

街への侵入《しんにゅう》そのものは、恐《おそ》らく上空からならば可能だろう。だが、数が少ないとはいえ飛行騎獣を有するプレイヤーは存在するし、既に試《ため》した連中がいる可能性は高い。

その場合、空からの侵入は既に警戒《けいかい》されてしまっているだろう。

「……街の中の様子は確認《かくにん》されているのか？」

「ええ。生き残りの現地人はそこそこ多いみたいよ。というより、結構な数が残ってるみたい。それこそ、アイラム以上のようね」

「ほう、それは……」

これに関しては、予想外の事実であった。生き残りが皆無、とまでは言わないまでも、かなり減ってしまっていることを覚悟《かくご》していたからだ。それがまさか、アイラム以上の人数が生存していようとは。

僥倖《ぎょうこう》ではあるのだろうが――それ以上に、不気味さを感じてしまう。

「アイラムでもそうだったが、奴らは何故人間を殺さずにいる？」

「さあ、当の悪魔に聞けたわけじゃないみたいね。アイラムの時の悪魔はどうだったの？」

「そう指示されている、という話はあったが……理由までは分からんな。今回もそんな状況か」

指示をしているのは上役の悪魔か。果たして、どのような理由でそんな指示を飛ばしているのか――今のところ、想像の域を出ない。

前回の悪魔はかなり好戦的であったし、会話をしている余裕も無かった。正直なところ、俺も悪魔を前にして殺意より情報を優先しなければならないのが面倒だ。

「とりあえず……まともに相手をすることが難しいと踏《ふ》んだ一部のプレイヤーは、聖火の塔《とう》の解放に動き始めたようね。そっちはどうするの？」

「今更塔《いまさらとう》を攻略する旨味《うまみ》も少ないからな。任せるさ」

「ランタンも一つあれば十分ですしねぇ」

「何だかんだ、あれも貴重品なのよね。正常に戻った塔でも購入《こうにゅう》できるらしいけど、かなり高額みたい」

それに関しては初耳だが、確かにあのランタンの効果は高い。それだけ購入に制限があったとしても不思議はないだろう。

軽く肩を竦め――ふと、耳慣れぬ音が響いた。これは、メールの着信音だ。どうやら、アルトリウスがメッセージを送ってきたらしい。

「ふむ……」

「お父様？　あの人から連絡ですか？」

「ん、そうだな……どうやら、街に潜入《せんにゅう》させた連中からの報告のようだ」

アルトリウスはどうにも、情報を重要視しているように感じられる。いや、奴のスタイルからすれば、それも当然ではあるのだが。情報を集め、対策を立て、有利に戦いを進める――それこそが、あいつの戦い方であるということだろう。

まあ、戦術として間違いではないし、助かっているのだから特に文句も無いのだが。

「次の街……シェーダンでは、中央付近に闘技場《とうぎじょう》のようなものがあり、悪魔が人間と魔物を戦わせているらしい」

「悪魔が……人間と魔物を？」

「ああ。だが、無理に勝てないような魔物と戦わせるわけではなく、何とか勝てる程度の魔物と戦わせ、そして傷はきちんと癒《いや》しているようだ」

「何ですか、それ？」

眉《まゆ》を顰める緋真に、こちらも軽く肩を竦める。言いたいことは分かる、俺も似たような感想であるからだ。

人間を殺すことに執心するあの悪魔共が、わざわざ人間を癒すなど考えづらい。戦わせるところまでならばまだ分かる。だが、傷ついた人間を癒すなど、連中の行動からは考えづらい。

「それと、街の外……というか、外壁《がいへき》の外に貧民街《ひんみんがい》があるそうだ。ここは悪魔の支配下にはない……というか、悪魔も管理するつもりは無いらしい」

「放置されているってことですか？」

「奴らにとっては美味《うま》い狩場《かりば》ではないようだな。実際、残されているのは女子供や老人のみであるらしい」

逆に言えば、奴らにとってそれらの人間は殺すに値しない相手であるようだ。

果たして、どのような判断基準があるのか。正直良く分からないが、とりあえずそこに行けばある程度の情報は手に入るだろう。

尤《もっと》も、外壁の内外は遮断《しゃだん》されている。内部の詳しい情報まで手に入るとは考えない方が良い。それでも、現地の人間だからこそ、見聞きできたものがある筈《はず》だ。

しかし、これだけ時間が経《た》っていて、この情報の集まり具合は――

「……アリス、プレイヤーたちは殆《ほとん》ど戦果を挙げられていないな？」

「正直なところ、その通りね。どちらかというと、ダンジョンという分かり易い形をしている南東の方が人気があるぐらいよ」

「ああ、攻めるのが難しいとなると、そうなりますか……」

出現する敵は強力で、倒しづらい。その上で侵入することが難しい街の中に篭《こも》っているのだ。狩《か》りという側面から見れば、確かにあまり相手にしたくはない部類であろう。

まあ、他のプレイヤーたちがどのように動いていようが、あまり興味はないのだが。

と――そんな時、頭上から声がかかる。宙を飛んで並走《へいそう》しているルミナが、前方を示しながら声を上げたのだ。

「お父様、前方に村が見えます」

「ん、またか……先導しろ、ルミナ」

「承知しました！」

俺の指示に従い、ルミナは翼《つばさ》を羽ばたかせ、前に出て先導する。そうするうちに見えてきたのは、いくつかの家屋と畑が広がる小さな村であった。規模としてはあまり大きくは無いだろう。農地としての村か、或いは開拓《かいたく》のために建造された領域なのか。

正直その辺りは、あまり興味はない。問題は――

「……やはり、ここもか」

村まで到達《とうたつ》した俺は、一度セイランを止めて背中から降りる。すると見えてきたのは、まるで人の姿を見受けられない村の様相であった。この村に、人っ子一人見つけることができなかったのだ。

「血は……やっぱり、痕跡《こんせき》はあんまりないですね」

「そうだな。ここでも、あまり争った形跡《けいせき》は無いか」

どうやら、状況としてはアイラムで見られたものと同じようだ。ここの村人たちは、恐らく悪魔によって拉致《らち》され、シェーダンに集められているのだろう。

ここに来るまでに、同じような村や町を何度か発見することができた。シェーダンを支配した悪魔共は、それだけ広い範囲《はんい》で活動しているということのようだ。

ひょっとしたら、人々を集める速度を考えると、グレイガーがこちらの悪魔の行動を真似《まね》したという可能性も考えられる。どちらにしても、あまり面白《おもしろ》い事態ではないのだが。

「いくつもの村から人間を集めて、都市の内部で魔物と戦わせ、傷つけばそれを回復させる……」

「何だか、まるで育てているみたいよね」

「何とか勝てる程度の魔物を宛《あて》がってるって話ですし……介護《かいご》レベリングしてるみたいな」

「悪魔が人間を育てて何の利点があるのか。まだ、何かピースが足りないような感覚だな」

全ての状況を理解するには、まだ何か情報が足りない。奴らの考えていることなど理解したくもないのだが、それでも対策を考えるために情報は必要だ。

もう少しこの村を探《さぐ》ってみてもいいのだが、有用な情報を集めるならば、やはり都市に接近するべきだろう。虎穴《こけつ》に入らずんば虎子《こじ》を得ず、とまではいかないが——まずは、件の貧民街とやらで情報収集をせねばなるまい。

「……よし、ここはいい。出発するぞ」

「そろそろ現地に突入《とつにゅう》ですか？」

「さて、すぐに街の中に入るかどうかはまた別だがな。とりあえずは、情報が必要だ」

さて……悪魔は、果たして何をしようとしているのか。そして、いかにしてシェーダンの街を攻略するか。しっかりと、考えなければならないな。

第十九章 シェーダン貧民街

しばし街道《かいどう》を進み、幾度《いくど》か襲《おそ》ってきた悪魔を撃退《げきたい》したが、南の時のように人間を引き連れた悪魔と遭遇することは無かった。そうして見えてきたのは、アイラムと同程度の規模を誇《ほこ》る巨大《きょだい》な都市。あれこそが、この南西の領地の領都であるシェーダンだろう。

街の規模についてはアイラムとそれほど変わりはないが、ここから見た限りでは外壁が破損しているような様子もない。だが、あの街にはアイラムとは明らかに異なる点があった。

「あれが貧民街、ですか？」

「そのようだな。また、見るからにごちゃごちゃとした様子だが」

外壁の外、そこに付け足すようにして建てられている、無数の木造の建物。あれこそが、シェーダンの貧民街。あの街から排斥《はいせき》された者たちが住まう場所。そんな人々が悪魔の支配から逃れているという事実は、何とも皮肉なものであるが。

「よし、あそこに寄せるぞ。とりあえず、情報収集だ」

「分かってますよ」

騎獣を操《あやつ》り、貧民街の方へと接近する。

それなりの規模を誇る貧民街は、地上からではその全容を把握《はあく》することはできない。だが、言ってしまえばスラムのようなものなのだろう。

この街の様子は、とてもではないが『裕福《ゆうふく》』という言葉とはかけ離れたものだ。ちらほらと見える人々の格好は薄汚《うすよご》れており、あまり活気もない様子である。いや、活気のなさに関しては、悪魔の影響《えいきょう》によるものであるかもしれないが。

さて——どこから手を付けたものかな。

「……とりあえず、様子を見て回るとするか」

「分かりました」

「いいけど、セイランは戻しておいた方が良いんじゃない？」

「確かに、それもそうだな」

この雑然とした街並みではセイランの巨体《きょたい》は邪魔であるし、見た目からして中々の威圧《いあつ》感がある。セイランを連れたままでは、少々行動しづらいことは事実だろう。セイランには一言断って従魔結晶に戻って貰《もら》い、改めて貧民街へと足を踏み入れた。

酷《ひど》く雑然とした、あばら家の連なった街並み。現代は勿論《もちろん》、このゲームの中ですらお目にかかったことのないような光景だ。

「何と言うか……ここの領主は、こういう支配方針だということか？」

「税金を納められない連中は壁《かべ》の内側で暮らす権利はない、ってトコ？　何とも自分勝手な話よね」

「具体的な条件は知らんが……まあ、見ていて気持ちのいいものではないな」

どのような理由でかは知らないが、彼《かれ》らはこの外壁の外でしか暮らすことができない。それは即《すなわ》ち、街を覆《おお》う結界の守りや、外壁による防御《ぼうぎょ》の恩恵《おんけい》を受けられないということだ。

元より街の周辺にはあまり魔物は出現しないが、それでも決して皆無ではない。その時、彼らは自分で自分の身を守らなければならないのだ。ロクに事情も知らぬまま同情するなど失礼な話であるが、彼らの住まう環境《かんきょう》は決して良くないものであることは事実だろう。

（尤も、今はそれが功を奏しているわけではあるが）

見受けられる人々の数はそれなりに多い。だが、それはこの街の規模に比して中々に多いようにも思える。

そして同時に――

「聞いていた通り、女子供と老人しかいないな。若い男は皆《みな》やられたのか？」

「――違《ちが》うよ、連れて行かれたんだ」

と——ふと、横合いから声がかかる。その言葉にそちらへと視線を向けてみれば、そこには乱雑に置かれた木箱に腰《こし》かける少年の姿があった。

年《とし》の頃《ころ》は十代前半ぐらいといったところか。まだまだ子供といっていい姿の少年は、生意気そうな表情でこちらのことを見つめていた。どうやら、この街の住人であるようだが……声を掛《か》けてくるものがいるとは考えていなかった。だが、ある意味では好都合だ。わざわざ、情報源が向こうから来てくれたのだから。

「連れて行かれた、とはどういうことだ？」

「そのまんまだよ。戦える連中とかは、皆あの壁の向こう側に連れて行かれた。それから、回復魔《ま》法《ほう》を使える人もな」

少年は、忌々《いまいま》しそうにそう付け加える。どうやら、何かしら事情がある様子だ。こちらに声を掛けてきたのはその事情からか、或いは単なる興味か。

だが何にせよ、彼はある程度の事情には通じている様子である。その上で、この少年は俺たちに声を掛けてきたのだ。それも——俺たちの素性《すじょう》を察した上で、である。

「なあ、アンタたち、異邦人だろう？」

「その通りだが、それがどうかしたか？」

「他の異邦人たちは皆いなくなった。悪魔に勝てないとか、レベルを上げるとか……アンタたちもその口か?」

「さてな。敵の戦力を確認していない以上、はっきりとしたことは言えんが――壁の向こうにいる悪魔は、一匹《ぴき》残らず殺し尽くすつもりだぞ」

視線を合わせ、逸《そ》らすことなく、俺はそう宣言する。その言葉に、少年は目を見開いて息を呑《の》んだ。どうやら、軽く零《こぼ》した殺気を敏感《びんかん》に感じ取ったようだ。

だが、それでもなお怯《ひる》むことなく、少年は若干《じゃっかん》身を乗り出しながら声を上げた。

「アンタ、情報が欲しいんだろ?」

「ほう? 何が望みだ?」

ストリートチルドレンの扱い方《かた》については、ある程度馴染《なじ》みがある。金を渡《わた》してもいいのだが、どちらかといえば食料を渡した方が良いだろう。まあ、俺たちが持っている食料は大体保存食しか無いわけだが。

しかし、少年は首を横に振《ふ》り、声を上げた。

「頼みたいことがあるんだ。その代わり、情報を渡す。それでいいか?」

その言葉に、俺は僅《わず》かに眼を細める。

正直、取引としてはあまり旨味のないものだろう。情報を手に入れる方法は他にもあるし、わざわざ依頼《いらい》を受けてまで情報を手に入れる理由は無い。

だが――

「……ひとまず、受ける方向で検討したい。案内してくれ」

「……！　分かった、こっちだ」

喜色を浮《う》かべた少年は、手招きしながら街の奥《おく》の方へと歩いていく。俺たちは軽く顔を見合わせてから、その背中を追って街中へと足を進めた。

街の住民からはある程度視線が集まってきているが、こちらへと声を掛けてくるものはいない。尤も、視線には二つほど種類があるようだが。一つは、こちらを警戒しているもの。そしてもう一つは、助けを求めるように縋っているものだ。後者の方については、どうにもこの街に馴染んでいないような印象を受ける。

これは――

「……周囲の町や村から集められた人々も、一部はここにいるのか？」

「ああ、そうだよ。悪魔共が連れ去ってきた連中だ。余所者《よそもの》だけど、外に放り出すわけにもいかないだろ」

こういった街の連中は、そこそこ連帯感が強い傾向《けいこう》にある。外から連れて来られた人々は、異物以外の何物でもないのだろう。だが、それでも外で野垂れ死ねばいいと考えるほどではないようだが。

周りの様子を見つつも前方へと視線を向ければ、徐々《じょじょ》にシェーダンの外壁が近付いてきた。どうやら、街がある方向に向かって行っているようだ……そろそろ聞いておいた方が良いだろう。

「一応、あらかじめ言っておく。依頼の内容を確かめていない内から受けるつもりは無い。失敗すると分かっているものを受けるわけにはいかんだろう？」

「それは……俺だって分かってるさ」

少年は、くるりとこちらに振り返り、俺のことを見上げてくる。その瞳《ひとみ》の中にあるのは、覚悟と決意の色だ。目的のためならば最早《もはや》手段は選ばぬという、身を擲《なげう》つ覚悟を決めたものに見える決意。このような幼い少年が、そんな決意を抱かねばならぬことに歯噛《はが》みしながら、俺は彼の言葉を待った。

「どうか、俺の姉ちゃんを助け出して欲《ほ》しいんだ」

『《シェーダン壁外区画の姉弟《してい》》のクエストが発生しました』

やはり、これはクエストの一つであるらしい。それに関してはある程度予想はできていたが、問題は内容だ。どのようなクエストであるのか、それを確認せねばなるまい。

「……具体的に、どういうことだ？」

「俺の姉ちゃんは、回復魔法が使える。だから、悪魔に壁の内側に連れ去られちまったんだ」

　回復魔法という単語に、ピクリと眉を上げる。

　確かに、話は聞いていた。街の中で魔物と戦わされ、傷ついた人間が癒されていると。回復魔法を扱える人間は、その回復役として利用されているのだろうか。

「……聞きたいことはいくつかあるが、その前に条件を確認しておこう。あの街中から連れ出し、お前のところまで連れてくるということでいいか？」

「ああ、その通りだ」

「だがその場合、また悪魔に見つかれば連れ戻《もど》されてしまうんじゃないのか？」

「それは……隠《かく》れてやり過ごすさ」

　どうやら、その辺りは無計画であるようだ。この辺り、強《したた》かなのか考えなしなのか、良く分からない子供だな。俺《おれ》は軽く嘆息《たんそく》し、押《お》し黙《だま》る少年へと告げた。

「お前の姉は、回復魔法を使えるから連れて行かれた。つまり、利用価値があるから連れ去られたわけだ。であれば、殺される可能性は低いだろう」

「けど……」

「心配なのは分かるが、変に刺激《しげき》する方が危険という可能性もある。根本的な解決としては、この街の悪魔を倒《たお》す必要があるわけだが……」

「……そんなこと、できるのかよ」

「やるさ。悪魔を斬るのが俺の仕事だ」

とはいえ、伯爵級《はくしやく》が暴れるとなるとかなり危険だ。その時は、周囲に人がいない状況にしておきたいものだが——まだ、情報が足りないな。

「とりあえず、内部の状況だけでも確認したい。こちらに連れて来たってことは、侵入できる場所があるんだな？」

「あ、ああ……こっちに、資材搬入《はんにゅう》用の入口がある……って言っても、今はもうそうは使われていないけどな。あそこからなら、内部に入れる」

指し示した先にあるのは、両開きの鉄の扉だ。どうやら、鍵《かぎ》はかかっていない様子である。彼の言う通り、あそこからならば内部に侵入できるだろう。

「成程《なるほど》な。アリス、とりあえず内部の偵察《ていさつ》と、この小僧《こぞう》の姉とやらの捜索《そうさく》をお願いしたい。回復魔法を扱える人間なら、一塊《ひとかたまり》にされている可能性が高いだろうさ」

「了解《りょうかい》。貴方《あなた》、それとお姉さんの名前は？」

「お、俺はユウ。姉ちゃんの名前はモニカだけど……」

「分かったわ。じゃ、一時間ほどで戻るから」

そう告げると、アリスはさっさと扉を潜《もぐ》り、街の中へと消えて行った。少年、ユウは不安そうな表情をしているが、アリスであれば心配は要《い》らないだろう。

それより、アリスが働いている間、俺たちもただ待っているだけでは意味がない。少しでも、情報は集めなければならないのだ。

「で、だ。小僧、お前、悪魔共の目的は分かるか？」

「そんなもん、分かるわけないだろ」

「……まあ、そりゃそうだな。なら、奴らは何故《なぜ》人間を魔物と戦わせているんだ？」

「……噂《うわさ》で聞いた話だけど、強くするためらしい」

「何だと？」

ユウの告げた言葉を反芻《はんすう》し、疑問符《ぎもんふ》を浮かべる。言葉の通りであれば、悪魔共は人間に魔物を殺させ、レベルを上げさせているということになる。

確かに、人間を強くすることが目的であるのなら、魔物と戦わせることも、傷ついたら癒すことも理解できる。だが、その根本的な理由が分からない。一体、奴らは何故、人間を強くしようとしているのか。

――その答えを、ユウはゆっくりと口にした。

「週に一度、悪魔共の親玉に挑《いど》むんだ。その悪魔に勝てたら、街は解放される……そう言ってたらしい」

成程——反吐《へど》が出るような理由だ。
悪魔共の設定した条件を理解し、俺は胸中でそう呟《つぶや》いたのだった。

第二十章　悪魔の思惑

南西の領都、シェーダン。今は使われていない荷物の搬入口《はんにゅうぐち》から街中へと侵入したアリシェラは、《隠密行動《おんみつ》》のスキルを発動しながら行動を開始した。

（使われていない、という割には使われた痕跡があったわね……貧民街の人たちが利用していたのかしら）

蛇《じゃ》の道は蛇《へび》、という言葉を思《おも》い浮かべつつ、アリシェラは街中の様子を観察する。

今いる場所は外壁の傍《そば》、街の構造上でいえば大通りから大きく離《はな》れた場所に当たる。このままこの近辺を調査したとしても、碌《ろく》な情報は得られないだろう。

（一時間で戻るって言っちゃったし……多少リスクはあるけど、さっさと大通りまで向かいますか）

小さく溜《た》め息《いき》を吐《は》き出し、アリシェラは身軽にその場から駆《か》け出す。その足音は殆ど立たず、半透明《はんとうめい》の影《かげ》が高速で移動していく姿は、さながら幽霊《ゆうれい》か何かのようだ。

しかし、アリシェラはそんなことなどお構いなしに、さっさと街の中央部を目指して歩を進め――ふと聞こえてきた足音に、一度足を止めた。

（悪魔《あくま》……！）

近づいてくる気配に、アリシェラは警戒しながら物陰《ものかげ》に身を潜《ひそ》め、観察する。そんな彼《かの》女《じょ》の近くを歩いていたのは、二体の悪魔であった。

爵位《しゃくい》持ちやデーモンナイトではない、ただの悪魔。だが――

■デーモン
種別：悪魔
レベル：48
状態：アクティブ
属性：闇《やみ》・雷《かみなり》
戦闘位置：地上・空中

■デーモン
種別：悪魔
レベル：50

状態：アクティブ
属性：闇・火
戦闘位置：地上・空中

（……レベル、高いわね。聞いてた通り、単純に悪魔が強いわけか）

思わず眉根《まゆね》を寄せながら、アリシェラはそう胸中で呟く。これまで外で遭遇してきた悪魔より、一回りは高い能力を持っているだろう。

隙《すき》を突《つ》いて一撃《いちげき》で仕留めるのであれば、あまりレベルは関係ないのだが——

（二体となると、流石《さすが》にリスクが高いわね。やり過ごすとしましょうか）

そう判断したアリシェラは、そのまま身を潜めて悪魔たちが遠ざかるのを待つ。幸い、悪魔たちは潜伏《せんぷく》したアリシェラに気づくことも無く、そのまま別の路地へと姿を消していった。

軽く息を吐き出したアリシェラは、周囲の気配に警戒しつつも先へと進む。そうして辿《たど》り着いたのは、この街の中央部を貫《つらぬ》く大通りだった。通常であれば、多くの人々が行き交《か》う商店街のような様相だっただろうが、今は閑散《かんさん》とした様子だ。

——ただ一部を除いて、の話であるが。

「あれは……」

そんな大通りの一角、そちらに人だかりができているのが見て取れた。いや、人々だけではなく、悪魔までもがその周囲に集まっている。

あれだけ人間と悪魔が近い場所にいて、戦いが起こっていないことに途方《とほう》もない違和感《いわかん》を感じつつも、アリシェラは目を凝《こ》らしてその様子を観察した。彼らの奥には、何か結界のような半透明の壁が展開されており、人や悪魔はその奥の様子を観察しているらしい。

（流石に近付くのはリスクが高いわね）

結界内の様子は気になるが、流石にあの集団に接近するわけにはいかない。

どうにか様子を探れないかと、アリシェラは周囲を確認し――ふと、集団から離れていく悪魔の姿に気が付いた。その悪魔の肩《かた》には重傷を負った男性が担《かつ》ぎ上げられている。どうやら、悪魔は彼を運ぶために移動しているようだ。

（怪我《けが》した人間を運ぶ先、ってことはつまりそこに回復役の人たちがいるってことでしょ）

渡りに船だと言わんばかりに笑みを浮かべ、アリシェラは悪魔の追跡《ついせき》を開始する。人間を肩に担いで運んでいる以上、見失うようなことはあり得ない。その目立つ姿の後を追って移動すれば、そこには見覚えのある建物の姿があった。

（教会……悪魔が教会に入れるの？　いや、大分ボロボロだし、教会としての機能はもう

失ってるのかもしれないけど）

違和感しかない光景に困惑《こんわく》しつつも、アリシェラは悪魔の様子を観察する。

人を担いだ悪魔は、そのまま青年を教会の中に放り投げると、さっさと元来た道を戻って行った。その背中が十分に離れたことを確認し、アリシェラは教会の様子を観察する。

ある程度破壊《はかい》されているため、中に入ることは難しくは無いだろう。問題は、内部にも悪魔がいるかどうかだ。

（けど、あの悪魔も中に入ることは嫌《いや》がってた節があるし……周囲に監視《かんし》はいるけど、内部は問題無さそうね）

中にいる人間を逃《に》がさないためか、教会にはある程度の見張りが置かれている。だが、それは一分の隙も無いほどというレベルではなく、付け入る隙はいくらでもあった。

アリシェラは、悪魔たちの行動を観察し——そして、視線がそれた瞬間《しゅんかん》を狙《ねら》って、裏手にあった木戸から教会内部へと侵入した。薄暗《うすぐら》い建物の中には多数の人の気配があり、アリシェラは気配を殺したまま気配が多い方向へと移動する。

そこは、本来であれば集会を行うためであろう祭壇《さいだん》の間。いくつも並べられた長椅子《ながいす》には、今や傷を負った多くの人々が寝《ね》かせられていた。

「畜生《ちくしょう》、痛ぇ……！」

「動かないでください、今回復を……」

「くそっ、いつまでこんなことを続ければいいんだ……！」

目に入った光景に、アリシェラは思わず顔を顰《しか》める。傷を負った人々と、それを癒す《聖魔法》の使い手たち。まるで、野戦病院の様相ではないか――現実にそんな光景は見たことが無いのだが、アリシェラは想像でそう独りごちていた。

ざっと観察したところ、回復役の人々は決して傷を負っている様子はなく、また飢《う》えているような様子もない。肉体面に関しては、それほど問題ない様子が見て取れた。

尤も――精神面に関しては、そうもいかないだろうが。

（ここの人たちは、ある程度は大丈夫《だいじょうぶ》でしょうけど……だからって、いつまでも余裕《よゆう》があるわけじゃなさそうね）

悪魔に支配されたこの状況《じょうきょう》、いつまでも人々の精神が持つとは思えない。急を要するわけではないが、それでもいつまでも放置できるような状況ではなかった。

とはいえ、今アリシェラに何かができるわけではない。彼女は姿を隠したまま、誰《だれ》にも気づかれぬよう壁沿いを移動し――その近くに立っていた、老シスターの背後を取った。

「静かに、こちらを向かなくていいわ」

「ッ!?　……どなたかしら、聞き覚えのない声だけれど」

「私は異邦人《いほうじん》の一人。この街の状況確認《じょうきょうかくにん》のために入ってきたの。悪魔に気づかれると面倒《めんどう》だから、このままでお願い」

「女神《めがみ》様の……そう、分かったわ」

アリシェラの声に、シスターは大いに驚《おどろ》いたものの、周囲に気づかれることはなかった。彼女の背に隠れる形で姿を現したアリシェラは、そのまま周囲には聞こえぬように声を上げる。

「まあ、ここまで入ってきたのは、とある依頼があったからなのだけど……おばあさん、ここにはモニカって子はいるかしら？」

「モニカちゃん？　何の御用《ごよう》かしら？」

「そう警戒しないで欲しいわ。彼女の弟さんから、無事かどうか様子を確かめて欲しいと頼《たの》まれただけだから」

「……そう。あそこにいるのがモニカちゃんよ。今のところ、怪我らしい怪我もないわ」

そう言ってシスターが指差した先にいたのは、亜麻色《あまいろ》の長い髪《かみ》をまとめた十五歳《さい》程度の少女であった。確かに怪我をしている様子もなく、健康状態に問題はなさそうに見える。

無論、専門家ではないアリシェラに言えることは多くないのだが、すぐにどうにかなるような様子ではなかった。

「了解、無事みたいね。彼女にも、弟さんは無事だという話、教えておいて貰えるかしら」

「……貴方は本当に、それだけのために来たのね」

「情報収集よ。悪魔を殺すのに、無策に突っ込《こ》むわけにもいかないでしょう?」

「……貴方に、あの悪魔が殺せると?」

「私じゃないわ、私の仲間。彼ならきっと、どんな悪魔だって斬《き》れるでしょう」

それは、アリシェラにとっては確信でもあった。

久遠神通流《くどうじんつうりゅう》のクオン、彼は間違《まちが》いなく、プレイヤーの中で最強の存在であると。彼ならば、いかなる悪魔が相手であろうとも、必ずその切っ先を届かせる。そして必ずや、勝利を手にするだろう。

そう断言したアリシェラの言葉に——老シスターは、細く息を吐き出して声を上げた。

「……伯爵級悪魔、バルドレッド。あの悪魔は、そう名乗ったわ」

「……っ!」

「瞬《また》く間《ま》にこの街を支配したあの悪魔は、こう宣言したわ。『修練の場は用意する。我に挑み、勝ち取れ。さすれば解放しよう』とね。以来、七日に一度、私たちには彼に挑戦《ちょうせん》する権利が与《あた》えられた」

「……高々一週間鍛《きた》えただけで、伯爵級悪魔に挑めと?」

「無茶《むちゃ》な話よ。けれど、私たちにはそれしか道はなかった」

老女の言葉の中には、諦念《ていねん》に近い感情が込められていた。

多く傷つき、疲《つか》れ果てたが故の言葉。だがそれでも、全てを諦《あきら》めたわけではないのだろう。ギリギリのところで、彼女はまだ折れてはいなかった。

「奴《やつ》らはきっと、最初から勝ち目などないと考えているのでしょうね。悪魔共の思惑は、より強い人間を殺すことにあるように思えるわ」

「……だからこそ、育て上げた上で殺している、と」

「ええ……だから、お願いよ。名前も知らぬ異邦人さん――どうか、あの悪魔を殺して欲しい」

深い憎悪《ぞうお》の篭った声に、アリシェラは小さく笑う。言われるまでもないことだ、と。

「次に、その悪魔が現れるのは？」

「三日後。戦いは昼過ぎに行われるわ」

「……了解、あまり時間はないわね。こちらも準備を進めておくわ」

「ええ……期待して、待っているわ」

三日後であれば、現実の時間では一日しかない。あまり、時間的余裕はないと考えた方が良いだろう。そう判断したアリシェラは、さっさと踵《きびす》を返してシスターの背後から離れ、元来た道へと戻り始める。戦いが起こるまでに、可能な限り鍛えなければならない。今は、余計な問答をしている時間すら惜《お》しいのだ。

一度だけ振り返ってみれば、気配が消えたことに気づいたシスターがきょろきょろと視線を動かしている。そんな彼女の様子に小さく笑《え》みを零して、アリシェラは教会を後にしたのだった。

第二十一章　攻略の方針

「戻ったわ」

「おう、お疲れさん。こっちも、ある程度情報は聞けたぞ」

予告していた一時間よりは若干早く、アリスは搬入口から貧民街《ひんみんがい》側まで帰還《きかん》してきた。

まあ、住民たちは貧民街という呼び名は気に入らないようで、『壁外区画』と呼んでいるようであるが。その気持ちも分からないではないため、一応呼び名は壁外区画としておくことにしよう。

戻ってきたアリスの姿に、少年――ユウは驚愕《きょうがく》しつつも詰《つ》め寄るように声を上げた。

「姉ちゃんは⁉　姉ちゃんはどうだったんだ⁉」

「落ち着きなさい。怪我も無いし、元気そうだったわよ。やっぱり、回復魔法を使える人たちは丁重《ていちょう》に扱《あつか》われているみたいね」

「そ、そっか……」

とりあえずは安心できたのだろう、ユウは深く息を吐いて脱力《だつりょく》する。そんな彼の様子を横目に、俺は改めてアリスへと向けて声を上げた。

「情報のすり合わせをしたい。俺もこの小僧から多少聞いてはいたが、内部の正確な情報は分からなかったからな」

「了解。とは言っても、そこまできっちり調査してきたわけじゃないわよ？」

「概要《がいよう》が分かれば十分だ。相手がどういう悪魔なのか、それさえ分かればやりようはある」

現在のところ、殆《ほとん》ど情報は無いような状態だ。このまま無策に突っ込めば敗北は必至。

事前情報の重要性は身に染《し》みて分かっている。俺の言葉に対して軽く肩を竦《すく》めたアリスは、そのまま小さく溜め息を吐き出してから声を上げた。

「この街を制圧した悪魔は、伯爵級のバルドレッドとかいう悪魔よ。その悪魔はどうも、人間に魔物《まもの》を倒させて強くして、そして七日に一度自分に挑ませているみたい」

「……その意図は何だ？　わざわざ手間をかけて、その上で人間を殺すなど」

「何か……聞こえは悪いですけど、収穫《しゅうかく》しているみたいですよね」

顔を顰めながら呟いた緋真《ひさな》の言葉に、思わず眼を見開く。その言葉は、まさに現状を正しく表現したものであったからだ。

「……緋真。お前のその考え、合っているかもしれんぞ？」

「え？　どういうことですか？」

「悪魔共はこれまで、戦える人間を優先して殺していた。抵抗《ていこう》してきた相手を潰《つぶ》していたのかと思ったが、わざわざ人間を鍛えた上で殺しているとなれば……『鍛えた人間』そのものに何らかの価値を見出《みいだ》している可能性が高い」

『収穫』とは言い得て妙《みょう》だ。奴らはまさに、自ら育てたものを集め、消費しているのだから。そして、それこそが――

「奴らは、悪魔共はリソースとやらを集めている……それは強い人間ほど持っているもので、だからわざわざ鍛えた上で殺しているんじゃないのか？」

「つまり、鍛えていない普通《ふつう》の人間を殺しても殆どリソースは得られないってこと？　悪魔たちが自分で魔物を狩《か》るのじゃダメなのかしら？」

「効率は違うのかもしれんな。ま、推論の域は出ないが……それが分かったところで、現状打てる手があるわけでもないからな」

強い人間が狙われていると分かったところで、既《すで》に攻《せ》め滅《ほろ》ぼされてしまっている現状ではどうしようもない。奴らの思惑が多少なりとも推察できた、というだけの話だ。

まあ、今はその程度の認識《にんしき》でも十分だろう。重要なのは――

「それで、次の『収穫』はいつだ？」

「三日後になるらしいわね」

「となると、俺たちにとっては明日か。今日の内はレベル上げだな」

この現状を座視せねばならないのは歯痒《はがゆ》いが、今すぐに乗り込んだところで敵の位置が分からず、無駄《むだ》に時間がかかってしまう。今日の内は変に刺激はせず、離れた場所でレベルアップに勤《いそ》しむとしよう。その方が、悪魔と戦うにも都合がいいだろうからな。

「よし……小僧、俺たちは三日後にこの街の悪魔を倒しに来る。その時まで大人しくしておけ」

「……本当だな？」

「ああ、ここの悪魔は斬ってやるとも」

それは確定事項《じこう》だ。元より、悪魔というだけで見逃《みのが》すつもりなどないのだが——この悪魔のやり口は気に入らない。人間を家畜《かちく》か何かのように扱うそのやり口、その傲慢《ごうまん》な在り方そのものが、俺にとっては認めがたいことであった。故に斬る。必ず殺す。バルドレッドというその悪魔は、俺の手で確実に息の根を止めてやろう。

内心から溢《あふ》れ出るような剣気《けんき》は抑《おさ》えながら、俺はユウへと微笑《ほほえ》みかける。姉の身を案ずるこの少年には、今しばし我慢《がまん》をして貰わねばならない。

「……頼む。お願いします。姉ちゃんのこと、助けてください」

「了解だ。三日後、楽しみにしておけ」

軽く少年の頭を撫《な》で、踵を返す。期待と懇願《こんがん》を込めた視線を送ってくる少年に軽く手を振りつつ、この壁外区画の外へと向かって移動する。

さて、方針は決まったが、時間は限られている。今日の内に、できる限り鍛えておかなければならないだろう。

「さて……レベル上げるぞ。時間が無いからな、急いで移動だ」

「それは良いですけど、どこでやるんですか？」

「そうだな……とりあえず、北西の方に行くか」

特に理由は無いが、これまでの傾向から考えると、南から離れるほど敵が強くなる可能性は高い。新たな敵も出現する可能性もあるし、鍛えるはちょうどいいだろう。どのような敵が現れるのか楽しみではあるのだが、あまり暢気《のんき》に戦っているわけにもいかないのが残念なところだ。

俺は従魔結晶《まけつしょう》から再びセイランを呼び出し、その背へと跳《と》び乗る。あまり遠くまで行くわけにもいかないが、近場では強い魔物が出ない。素早《すばや》く移動できる距離《きょり》を見極《みきわ》め、修練に励《はげ》むとしよう。

＊　＊　＊　＊　＊

『《奪命剣《だつめいけん》》のスキルレベルが上昇《じょうしょう》しました』
『《練命剣》のスキルレベルが上昇しました』
『《戦闘《せんとう》技能》のスキルレベルが上昇しました』

北西、やや西寄りで移動した先で見えた丘陵地《きゅうりょうち》。そこに着陸した直後、俺たちはすぐさま新種の魔物によって攻撃《こうげき》を受けた。

■ジャイアントモール
種別：魔物
レベル：45
状態：アクティブ
属性：地
戦闘位置：地上・地中

地面に穴を開けて突進《とっしん》してきた、巨大《きょだい》な黒い魔物。つまるところ、でかいモグラである。

流石に地中から奇襲《きしゅう》を受けた経験はなかったため面食らったが、地上での移動速度はそれほどではなく、初撃を躱《かわ》してしまえば苦戦する相手ではなかった。

そこそこ鋭《するど》い爪《つめ》を持っていたため、バランスを崩《くず》されたら少々厄介《やっかい》だっただろうが――

まあ、これだけならそれほど困る相手ではないだろう。

「モグラの魔物なんているんですね……」

「思わぬ幸運だったな。上空から見てそこそこ魔物の数が多い所に降りたんだが」

まさか、見えないところにまで魔物がいようとは。これはこれで、中々都合の良さそうなフィールドだ。

上空から見えていたのは、羊のような魔物と、黒い犬のような魔物だ。半ば牧場のような景色であったが、周囲に人間の暮らしている集落の姿は見えなかった。

どうやら、こいつらは純粋《じゅんすい》に野生の魔物であるようだ。

■ブラックハウンド
種別：魔物
レベル：48
状態：パッシブ

属性：闇
戦闘位置：地上

■ランドシープ
種別：魔物
レベル：46
状態：パッシブ
属性：地
戦闘位置：地上

犬と羊。牧羊犬だろうか。見た目は中々に長閑《のどか》な光景だ。まあ、分類が魔物になっているということは、一応害のある存在なのだろうが。

とりあえず、適当に攻撃を加えてみるとしようか。

「よし、とりあえずやってみるか。羊からは糸素材が手に入るかもしれんしな」

「採れても新しい装備を作ってる暇《ひま》はなさそうですけどね。ま、そこはまた今度にしましょうか」

糸素材を採取できたとして、それを布にして装備を作成するにはそれなりの時間がかかる。伊織《いおり》がいかに優《すぐ》れた職人であったとしても、そこは仕方のないことだろう。その辺りは次の機会の楽しみに取っておくとして、今は魔物の相手だ。

とりあえず、まずは近場をうろついている黒い犬の方へと近づいてみる。するとどうやら犬の方もこちらに気づいたらしく、体勢を低くして唸《うな》り声を上げ始めた。そのまま襲《おそ》い掛《か》かってくるのかと餓狼丸《がろうまる》を抜《ぬ》いて待ち構え――次の瞬間、犬は身を翻《ひるがえ》して後方へと走り出した。

「おん？」

「あら、いきなり逃げるの？」

「倒したらボーナスがあるレア系……とか……」

疑問符を浮かべた緋真の声が、尻《しり》すぼみに小さくなる。その理由は明らかだ。何故《なぜ》なら――ブラックハウンドの後退は決して逃走《とうそう》ではなく、攻撃行動だったためである。

後方へと駆け出したブラックハウンドは、他の仲間と合流、そして周囲にいたランドシープを追い立て始めたのだ。ブラックハウンドによって追い立てられたランドシープたちは、一つの集団となって、地響《じひび》きを立てながら走り始める。

羊とは言ったものの、俺の知っている羊とは異なり、かなり大きい。恐《おそ》らく高さだけで一メートル半はあるだろう。それほどの大きさを持つ羊たちが、巨大な群れとなってこちらに突撃《とつげき》してきたのだ。

「おいおい……こんなのアリなのか？」

「あ、私は上空に逃げるから」

そそくさとセイランの背中に乗り込んだアリスには半眼を向けるが、止めることはしない。この規模の群れが突撃してきては、アリスには回避《かいひ》のしようがないのだ。

とりあえずルミナとセイランには空中に退避《たいひ》するように指示を出し、緋真と並んで突撃してくる羊共を待ち構える。

「分かってるな、緋真？」

「流石にこの群れは怖《こわ》いんですけど……ああもう、やってやりますよ！」

半ばヤケクソであったが、覚悟《かくご》は決めたようだ。俺はそんな緋真の様子に苦笑《くしょう》しつつ、刃《やいば》を脇構《わきがま》えにしながら重心を落とす。

この群れを正面から迎《むか》え撃《う》つ――そのうえで、この魔物どもを制してやるとしよう。

第二十二章　羊の群れ

集団で突進してくる羊たち。巨体《きょたい》を持つ羊の突進を受ければ、俺とて弾《はじ》き飛ばされるし、そうすれば後は他の羊たちによって踏《ふ》み潰されるだけだろう。

集団とは、ただそれだけで恐ろしいものなのだ。故にこそ、俺はあえて正面から立ち向かう。この群れを潜《くぐ》り抜けた先にこそ、倒すべき敵がいると理解しているからだ。

羊たちの動きは直線的だ。そもそも、俺たちに対して攻撃を仕掛《しか》けようとしているのではなく、ただブラックハウンドに追いかけられたことによって走っているだけに過ぎない。

これが全て俺たちに攻撃しようと向かってきていたのであれば危なかったが――これならば対処のしようはある。深く呼吸し、意識を集中。そして、向かってくる羊たちの動きを読み取り、前へと足を踏み出す。

歩法――間碧《かんぺき》。

相手の攻撃の軌道《きどう》を読み取り、その安全地帯を見出して移動する歩法。このような直線的な動きの相手の場合は、特に読みやすいと言えるだろう。

気を付けなければならないのは、避《さ》けた先に突っ込んでくる羊がいる可能性があることだ。ただ目の前の相手の動きを読むだけではなく、全体の動きを把握《はあく》しなければならないだろう。そんな突撃の真《ま》っ只中《ただなか》で、俺《おれ》は魔法《まほう》による強化を発動しつつ刃を振《ふ》るった。

「ふ……ッ！」

次々と羊たちの体を傷つけながら、群れの合間を通り抜ける。時間にすればほんの数秒。だが、集中している俺にはその数倍にも感じる感覚の中――俺たちは、ついに羊たちの群れを潜り抜けることに成功した。

そして、その先に見えたのは、羊たちを追い立てていた数頭のブラックハウンドだ。羊たちの間から現れた俺たちの姿に、犬たちは驚愕した様子で身を硬直《こうちょく》させる。

その瞬間、俺と緋真は即座《そくざ》に犬へと接近し――

「『生奪』」

「《スペルエンハンス》、《術理装填《そうてん》》【フレイムストライク】」

振るう刃が、一刀の下に黒い犬の体を斬り伏《ふ》せる。羊たちと違《ちが》って、この犬たちは普通の犬とそれほど大きさは大差ない。精々が大型犬程度の大きさだ。動きを止めてしまえば狙い易《やす》い相手であり――俺たちの刃は、正確に犬の首を半ばまで斬り裂《さ》いて絶命させた。

だが、一度の交錯《こうさく》で斬れる敵は一匹《ぴき》まで。それ以外の犬どもはそのまま俺たちの横を通

り過ぎ、再び羊たちの制御《せいぎょ》に動き始める。しかし、一度見てしまえば、動きを読むことも容易《たやす》いものだ。

その考えは上空にいたアリスたちも同じだったらしい。上空からはルミナの魔法やアリスの放った矢が降り注いでいる。犬たちの動きが鈍《にぶ》れば、当然羊たちの動きも鈍るものだ。その動きを見て、俺は餓狼丸を鞘《さや》に納めた。

「《練命剣》、【命輝《めいき》一陣《いちじん》】」

鞘の隙間《すきま》、鯉口《こいぐち》から零《こぼ》れ出る黄金の光。体を大きく捻《ひね》り、前傾《ぜんけい》姿勢で構え——刃を、全力で撃ち出す。

斬法——剛《ごう》の型、迅雷《じんらい》。

放たれる神速の居合。それと共に撃ち出された生命力の刃は、僅《わず》かに動きのぶれていた羊たちへと直撃《ちょくげき》し、その身を大きく斬り裂く。

そして、それだけではなく——

「はあああああッ！」

緋真が大上段から振り下ろした刃より、装填していた【フレイムストライク】が撃ち出された。一直線に空を焼いた炎《ほのお》は、俺の攻撃によって動きを鈍らせていた羊たちを直撃し、巨大な爆炎を発生させる。

今の二発によって、中央部にいた羊たちはほぼ全滅《ぜんめつ》したようだ。

そして同時に、動きを鈍らせたことで羊たちの足も止まっている状態である。今ならば、残りを討《う》つことも難しくは無いだろう。

「行くぞ、緋真！」

「はい、先生！」

歩法──烈震《れっしん》。

共に並んで地を駆ける。俺と緋真は左右に分かれ、それぞれの位置で動きを止めている羊たちへの攻撃を開始した。

まずは、前方で突出《とっしゅつ》していた、攻撃の余波を受けて体力の減っている羊。たとえ体力が減っているとはいえ、レベルの高い魔物であることに変わりはない。様子見などせず、しっかりと攻撃を加えるべきであろう。

「『生奪』」

俺の宣言と共に、餓狼丸は金と黒の光を纏《まと》う。振り下ろした刃は、バランスを崩していたランドシープの首へと吸《す》い込まれ──その巨体が、血を噴《ふ》き出しながら倒《たお》れ伏《ふ》す。

しかし、この感触《かんしょく》は──

「チッ……斬り辛《づら》いな」

この羊の毛であるが、どうにも刃が通り辛い性質があるようだ。体毛の上からでは、斬撃はあまり通らないだろう。刺突《しとつ》か、或《ある》いは毛の深くない顔面を狙うか。

何にせよ、刃による攻撃はやり辛い相手のようだ。まあ、それはそれで、装備作成に期待ができるものではあるのだが……今この場では厄介だな。

「ならば――」

打法――寸哮《すんこう》。

次の羊の横合いへと潜《もぐ》り込みながら、その胴《どう》へと拳《こぶし》を押《お》し当てる。叩《たた》き付けた衝撃《しょうげき》によって臓腑《ぞうふ》を砕《くだ》かれた羊は、口と目から血を噴き出しながら崩れ落ちた。どうやら、打撃《だげき》についてはきちんと通るようだ。

だが、全て打撃で倒し続けるというわけにもいくまい。

「《練命剣》――【命輝一陣】」

そうなると、あまり有効な手が無いのが面倒なところだが、上手《うま》いこと使うほかあるまいて。胸中でそう呟《つぶや》いた俺は、口元を苦笑と愉悦《ゆえつ》を交えた笑みに歪《ゆが》め、振りかぶるように刃を構える。

斬法――剛の型、輪旋《りんせん》。

大きく振りかぶった刃は遠心力の力を借りて速度を増す。その一閃《いっせん》によって撃ち出された刃は、周囲にいる羊たちに直撃し、その身を斬り裂きながら吹《ふ》き飛ばした。

こちらも多少ダメージを軽減されてしまっているようだが、効いていないわけではない。そしてどうやら、こいつらは犬どもの制御が無ければあまり機敏《きびん》には動けないようだ。

とはいえ、全く攻撃してこないというわけでもないのだが――

「《奪命剣》――【咆風呪《ほうふうじゅ》】」

こちらを止めようというのか、突進してくる一体の羊。そちらへと向けて放つのは、波のように広がる黒い風だ。

広範囲《こうはんい》に影響《えいきょう》を及《およ》ぼすこのテクニックは、相手の防御力《ぼうぎょりょく》を無視して効果を発揮する。効果範囲《はんい》に巻き込まれた羊たちから生命力を吸収して、これまで《練命剣》で消費したＨＰを回復――そして、振り切った刃を反転させた。

「しッ！」

斬法――剛の型、刹火《せっか》。

黒い風で視界を塞《ふさ》いだ上で軸《じく》をずらした俺は、そのまま羊と交錯するように前へと踏み出した。振るう刃は、カウンターで羊の胴へと突き刺《さ》さり、その身を深く斬り裂く。

後方で崩れ落ちた気配には頓着《とんちゃく》せず、更《さら》に前へ。目指すは、【咆風呪】によって脱力して崩れ落ちた前方の羊だ。

打法――槌脚《ついきやく》。

崩れ落ちたその頭を踏み潰しながら跳躍《ちょうやく》、目指す先は前方にいるもう一体の羊だ。まだこちらの姿を捉《とら》えられていない羊へ、俺は逆手に持った刃を振り下ろす。

斬法――柔《じゅう》の型、襲牙《しゅうが》。

人間相手であれば本来鎖骨《さこつ》の隙間を狙う一撃であるが、動物相手にはそうも行かない。とはいえ、刺突であれば十分通じる相手。振り下ろした餓狼丸の切っ先は、その背を貫通《かんつう》して臓腑を抉《えぐ》り抜いた。

絶命した羊の上から飛び降りて、その場から一歩前へと踏み出す。その瞬間、横合いから飛び込んできたのは一体の羊。頭を突き出して猛然《もうぜん》と突撃を敢行《かんこう》してきた突進を紙一重で躱した俺は、体を旋回《せんかい》させながら左の肘《ひじ》を叩き付ける。

打法――旋骨《せんこつ》。

「ヴェエエエっ⁉」

伝わってきた感触は、羊の肋骨《ろっこつ》が折れて内臓に突き刺さったことを如実《にょじつ》に伝えてくる。もんどりうって倒れる羊は無視し、周囲の状況を確認《かくにん》。

まだまだ敵の数は多いが――どうやら、周りの犬どもはアリスたちによって駆逐《くちく》されてしまったようだ。あちらはそれほど防御力も高くは無いし、仕方のないことではあるが。

ともあれ、上空に逃《のが》れていた面々も、自由に動ける状況となったわけで。

そうなれば――

「光の鉄槌《てっつい》よ！」

上空より降り注いだ光が、羊の群れの中心に直撃して爆裂《ばくれつ》する。

牛のような巨体が派手に吹き飛ぶ様は実に豪快《ごうかい》だ。どうやら、ある程度魔法に対する耐性《たいせい》もあるようだが、流石《さすが》に結構なダメージが入っている。地面に叩き付けられた衝撃でHPを全損する羊もいるし、やはり打撃か魔法で攻めるべきなのだろう。

つまるところ、俺にはどうにも相性《あいしょう》の良くない相手であるが――

「《練命剣》、【命輝一陣】」

斬法――剛の型、輪旋《りんせん》。

とりあえず、ダメージの通りやすい攻撃を繰《く》り出していく他ない。

クールタイムの終わった【命輝一陣】を放ち、ルミナの放った魔法の余波で体力の減っていた羊たちを一網打尽《いちもうだじん》にする。あまりスキルに頼《たよ》り切りというのも気に入らないが、これが最も効率的であることは確かだ。

今はあまり時間的余裕も無いし、効率よく潰していくしかないだろう。

「《奪命剣》、【咆風呪】」

再び解き放った黒い風により、多数の羊たちを飲《の》み込んでHPを吸収する。崩れ落ちていく羊たちの一部は、まるで枯《か》れ果てるようにミイラのような姿になってしまう。

吸い過ぎるとどうもああなってしまうらしいのだが、あの死体からはアイテムが殆ど取れないのだ。これだけ数がいるのだからあまり気にしなくてもよいのだが、吸い過ぎには注意しておこう。

「さてと……《蒐魂剣》、【奪魂斬】」

辛《かろ》うじて生きていた羊からMPを吸収して回復しつつとどめを刺す。

生きている奴は何体か残っているし、回復には困らないだろうが——まだ残っているのか。結構な数を削《けず》ったかと思っていたのだが、まだ半分程度は残っているし、一部は残っていた犬たちによって再び突進を始めようとしている。尤《もっと》も、その動きを察知した緋真やルミナたちが魔法を準備している様子であるが。

「……ま、そこそこ稼《かせ》ぎにはなるか」

効率については、とりあえず殲滅《せんめつ》してから考えるとしよう。どのみち、この辺りの羊たちは全て集まってきてしまったようであるし、移動する必要はあるだろうが。

苦笑を零しつつ、まだ生き残っている敵へと向けて走り出す。戦わなければならない相手は伯爵級《はくしゃく》悪魔《あくま》。少し鍛えた程度では足りないだろう。

今は少しでも多く魔物を倒し、己《おのれ》の力を高める――それこそが、俺たちのやるべきことなのだから。

第二十三章　戦乙女

『レベルが上がりました。ステータスポイントを割《わ》り振ってください』
『《刀術》のスキルレベルが上昇しました』
『《格闘《かくとう》》のスキルレベルが上昇しました』
『《降霊魔法《こうれいまほう》》のスキルレベルが上昇しました』
『《奪命剣》のスキルレベルが上昇しました』
『《テイム》のスキルレベルが上昇しました』
『《魔技《まぎ》共演》のスキルレベルが上昇しました』
『《戦闘技能》のスキルレベルが上昇しました』
『テイムモンスター《ルミナ》のレベルが上昇しました』
『テイムモンスター《セイラン》のレベルが上昇しました』
『テイムモンスター《ルミナ》がレベル上限に達しました。《ヴァルキリー》の種族進化が可能です』

羊と犬、その全てを倒し切ったところで、ようやくレベルアップのインフォメーションが届いた。この魔物たちは数が多い上にタフという、かなり面倒《めんどう》な連中だ。とはいえ、それだけの数を倒した甲斐《がい》はあったというものだろう。

まさか、このタイミングでルミナの進化が入るとは思わなかった。

「ちょっと待ってくれ。ルミナがレベル上限だ、進化できるみたいだぞ」

「あ、はい！　こっちもレベル上がってるので、大丈夫《だいじょうぶ》ですよ」

「かなりの数だったわね……」

あまり相性は良くなかったであろうアリスは、若干疲《じゃっかんつか》れた様子で溜息《ためいき》を吐《は》いている。

まあ、彼女《かのじょ》の場合は特化した戦闘スタイルであるだけに、合わない相手が多いのも仕方のないことだろう。小さく苦笑を零しつつ、俺は着陸したルミナを呼び寄せ、《テイム》のスキルから状態を確認する。

レベルは24、これまで進化してきたレベルは10、16だったか。

「必要レベルが６、８で上がったとなると……次の進化レベルは34か？」

「どうなのでしょうか……？」

「ああ、まあ構わんさ。どの道すぐに次の進化とはいかんのだからな」

困惑《こんわく》した様子のルミナに苦笑しつつ、俺は改めて《テイム》のインフォメーションからルミナの進化先を確認する。どうやら、今回は複数の進化先があるというわけではなく、ただ一つのみとなるようだ。

■ヴァルハラリッター
種別：精霊《せいれい》・半神
属性：光
戦闘位置：地上・空中
神々の世界を守護する騎士《きし》であり、精霊にして半神。
女神《めがみ》の擁《よう》する騎士団《きしだん》に属する精鋭《せいえい》であり、武技と魔法の両方に秀《ひい》でる。
その輝《かがや》く翼《つばさ》は勇者たちに加護を与えると言われている。

「ヴァルハラリッター……ヴァルハラの騎士、だったか？」

「神々の騎士、ですか。あまり実感がありませんが……」

「ヴァルキリーの時点でそういう存在ではあったんだがな。まあ、女神から何か言われているわけでもないし、あまり気にせんでもいいだろうさ」

そもそもの話、女神という存在も正直良く分からないのだが。俺たち異邦人《いほうじん》を呼び込んだ存在、と言われてはいるが、今のところ女神本人からのアクションはない。精々が、使徒とかいう羽の生えた連中を見かけたことがある程度だ。

まあ何にせよ、ルミナが強くなるというのであれば歓迎《かんげい》だ。これから強敵と戦おうという場面なのだ、力はどれだけあっても困ることはない。

「選択肢《せんたくし》はこれだけなんだ、悩《なや》む必要もない。準備はいいか、ルミナ?」

「はい、よろしくお願いします、お父様」

頷《うなず》き、待ち構えるルミナの姿に笑みを浮《う》かべ、俺はテイムモンスターの進化を選択《せんたく》する。

瞬間《しゅんかん》、ルミナの全身は眩《まばゆ》い光の球体に包まれた。直視はできないほどの光量に目を庇《かば》い、細めながらその様子を観察する。光の中でシルエットだけが残るルミナは、しかし前回の進化の時のように、大きく体が変化するという様子はなかった。そして、光は徐々《じょじょ》に収束し、光《ひか》り輝くルミナのシルエットのみが残り——次の瞬間、その光は弾《はじ》けて散った。

内側から現れたのは、これまでとそれほど大きく変化は無い姿のルミナだ。これまでと異なっている点は、額に兜《かぶと》——というかバイザーのような形状の額当てを付けている点だろう。耳の上の辺りから後方へと向けて伸《の》びる翼のような飾《かざ》りからは、僅かに光の粒子《りゅうし》が散っている。

そして魔法による光の粒子は槍の形状となり、ルミナの手の中に収まった。

装備欄《らん》を確認してみたが、この兜や槍に関する情報はない。どうやら、アイテムとしての装備品ではないようだ。色々と疑問に思いつつも、進化したルミナのステータスを確認する。

■モンスター名：ルミナ

■性別：メス

■種族：ヴァルハラリッター

■レベル：1

■ステータス（残りステータスポイント：0）

STR：41

VIT：23

INT：47

MND：23

AGI：30

DEX：22

■スキル

ウェポンスキル：《刀術》

《槍《やり》》

マジックスキル：《閃光魔法《せんこうまほう》》

《旋風魔法《せんぷうまほう》》

スキル：《光属性大強化》

《戦乙女の戦翼》

《魔法抵抗《まほうていこう》：大》

《物理抵抗：大》

《ＭＰ自動大回復》

《高位魔法陣《まほうじん》》

《ブーストアクセル》

《空歩》

《風属性大強化》

《ＨＰ自動回復》

《光輝《こうき》の鎧《よろい》》

《戦乙女の加護》

《半神》

称号《しょうごう》スキル：《精霊王の眷属《けんぞく》》

「これはまた……色々と増えたな」

まず、プレイヤーたちと同じように第二ウェポンスキルとマジックスキルが増えている。それに加え、既存《きそん》のスキルがいくつも進化しているが……まるで見覚えもないスキルが目を引く。ざっと見たところで挙げれば、《戦乙女の戦翼》、《光輝の鎧》、《戦乙女の加護》、《半神》というスキル……プレイヤーのスキルでは見たことが無い、恐らくヴァルハラリッター専用のスキルなのだろう。

「ルミナ、新しいスキルのことは分かるか？　《戦乙女の戦翼》は《光翼》が進化したスキルなんだろうが……」

「はい、その通りです。以前よりも更に機動力が増しているようですね」

言いつつ、ルミナは背中に光の翼を展開した。あまり大きな変化は無いようだが、以前よりも形状がシャープになっているような印象を受ける。単純に性能が強化されているということであれば、それほど扱《あつか》いに困ることは無いだろう。

実際に使ってみれば効果も分かるであろうし、これに関しては問題ない。

「次に、《光輝の鎧》って奴《やつ》だが……その額の兜か？」

「はい。どうやら、装備している防具の性能を向上させるもののようです。それに合わせて、見た目も変わるようですが」

そういえば確かに、その兜を装備している状態では元の鉢金《はちがね》が消えているようにも見える。興味深く観察していると、ルミナは更に《光輝の鎧》を展開してみせた。といっても、鉢金のように完全に消え去るわけではないようだが。

手足の装甲《そうこう》については若干《じゃっかん》デザインが変化し、そして白く輝いているように見える。最も目立つ変化は胸に現れたブレストプレートであろうが、下には元々の着物を纏っているし、印象はそこまで大きく変化しないだろう。

「そんなに装甲を増やして、重くなってないのか？」

「はい、これは私の魔力《まりょく》で構成されているようで、重さは無いようです」

「はぁ……便利なもんだな」

何にせよ、動きを阻害《そがい》されずに防御力を増せるのであれば文句はない。そんな防具があるなら俺も欲《ほ》しいぐらいだ。しかも自由に出し入れできるとか、かなり便利だな。

「で、次は《戦乙女の加護》だが……」

「これは、パーティ全体を強化するスキルです。一時間に一度しか使えませんが、攻撃力《こうげきりょく》と防御力の強化に加えて、状態異常耐性の向上効果もあります」

「ほう？　そりゃまた、結構な効果だな」

一時間というクールタイムはかなり長い。恐らくそれに見合うだけの強化効果があるのだろうが、これは使ってみないことには分からないな。

とりあえず、次の戦闘で使用して確かめてみることとしよう。効果によっては、悪魔と戦う際の切り札にもなり得るだろう。

「最後だが……《半神》ってのはどんなスキルだ？」

「パッシブスキルなのですが……基本的には、耐性を高めるスキルです。色々な属性に耐性を得られます」

「ふむ。基本的にってのは何だ？」

「ＨＰが半分以下になった時に、ステータスの向上効果があるようです」

「ほう、成程《なるほど》な……窮地《きゅうち》に陥《おちい》った時の逆転の手か」

狙《ねら》って使うのはリスクが高いだろうが、窮地に使える手札が増えるのは良いことだ。無論、効果の程《ほど》が分からない以上、過信しすぎるのは良くない。これは退却《たいきゃく》のためのスキルと割り切った方が安全だろう。

ある意味、撤退《てったい》するための分かり易い基準となるかもしれない。

「何にせよ、かなり強化されたな。槍も用立ててやらんといかんか」

「槍、ですか……お父様も、扱えるのですか？」

「ん？　ああ、と言っても槍については一通り学んだ程度だが」

どちらかというと、槍を得意としているのはジジイの方だ。いや、あのジジイはそもそもどんな武器でも器用に扱ってみせるのだが……あれは参考にならないだろう。何をどうしたら槍をあんな風に扱えるというのか。

「槍と薙刀《なぎなた》、どちらでも基本は教えてやれる。薙刀術を学びたいならユキに稽古《けいこ》を付けさせてもいいが」

「……正直、あまり良く分かりません。どちらの方が良いのでしょうか？」

「どちらがいい、という物でもないんだがな。刺突を主とするのであれば槍、斬撃を主とするのであれば薙刀か。打撃はどちらも同じようなものだ」

長柄《ながえ》の武器は、どちらかといえばその重さと遠心力を利用した打撃が強力だ。戦国の世において猛威《もうい》を振るったのは、どちらかといえば鈍器《どんき》としての扱いだろう。

具足や兜の上から相手を叩き潰《つぶ》す、それだけの威力《いりょく》を導き出せる代物《しろもの》なのだ。

「どちらにせよ、一度街に戻《もど》ってからだからな。しばらくはどちらがいいか考えておけ」

「はい、分かりました、お父様」

今の手持ちには槍はない。槍にしろ薙刀にしろ、エレノアの所で購入《こうにゅう》しなければならないのだ。しばらくは使えないし、どちらを使うかは考えさせておくとしよう。

それよりも、レベル24で進化となるのであれば、セイランもあと1レベルで進化することとなるわけだ。戦力の強化にもなるし、何よりもこの変化が楽しい。果たして、セイランはどのように進化することとなるのやら。

「よし、こっちは終わった！　次行くぞ、こいつらは中々いい稼ぎになる！」

「またこの羊なの……？　まあ、いいけど」

相性が悪いアリスは憂鬱《ゆううつ》そうな様子であるが、そこは我慢《がまん》して貰《もら》うしかない。

こいつらはいい稼ぎになるし、素材も中々に有用なのだ。この辺りはプレイヤーの姿も無いし、遠慮《えんりよ》なく狩《か》らせて貰うとしよう。

第二十四章　加護の輝き

進化したからには、検証が必要になるだろう。というわけで、先程《さきほど》のエリアより若干西に移動した場所、上空から見てまた多くの羊が存在する場所に着陸する。

俺たちの姿に気づいた牧羊犬たちはすぐさま身を翻し、羊たちの誘導《ゆうどう》を開始した。相変わらず凄《すさ》まじい数であるが、それだけに手に入る経験値も期待できるというものだろう。

「よし、頼《たの》むぞルミナ」

「はい、お任せください！」

気合十分な様子であるルミナは、シャープな形状になった光の翼を大きく広げる。それと共に、ルミナを中心として光のリングが現れ、光る羽を撒《ま》き散らしながら大きく周囲へと広がって行った。

そして次の瞬間、ルミナが広げた光が俺たちの体に宿り、淡《あわ》く輝きを発し始める。これは、味方全体を強化するスキルである《戦乙女の加護》か。

ただ掛かっているだけではあまり実感がないが——

「ま、斬《き》ってみれば分かるだろ」

大群で向かってくる羊たちに対し、意識を集中させながら重心を落とす。やることは変わらないが——まずは、先制攻撃《こうげき》をしておくべきだということは既《すで》に学んでいるのだ。

「《奪命剣《だつめいけん》》——【咆風呪】」

「《スペルエンハンス》、【フレイムストライク】！」

「連なれ、光の鉄槌よ！」

「【ダークネスストライク】」

「クアアアアアッ！」

まずは、全員で範囲《はんい》攻撃《こうげき》を叩き込《こ》む。何体かの羊はそれだけで体力を削り斬られ、その場で崩《くず》れ落ちることとなったが——生憎《あいにく》と、それだけで倒し切れるほど容易い相手というわけではない。

羊たちは数がいる割には体力が多い。これだけの攻撃を全て受ければ沈《しず》むだろうが、今回はある程度分散させて、敵の体力を削ることを優先した。こうしておけば、ある程度倒しやすくなるというものだ。

後は——

「先ほどと同じ流れで行くぞ」

「了解《りょうかい》、上空から狙うわ」

「お父様、お気をつけて」

羊たちの勢いがある程度衰《おとろ》えたことを確認したルミナやセイランたちは、すぐさま上空へと舞《ま》い上がる。前回と同じく、牧羊犬たちを片付けるためだ。あいつらがいなくなれば、羊たちは完全に烏合《うごう》の衆。容易く片付けられるようになるのだから。

空へと飛んでいく姿を見ると、やはりルミナの機動力は増しているように見える。元々小回りが利《き》くタイプであったのだが、それに加えて力強さが増しているようだ。

空を飛んでいる感覚というのは正直良く分からないのだが、あれなら多少踏ん張りがきくだろうか。まあ、それをどの程度活《い》かせるかはルミナ次第《しだい》だろう。

「さてと――」

歩法――間碧《かんへき》。

覚悟を決めて、前へと踏み出す。突進《とっしん》してくる羊たちの動きを全体で捉え、その隙間を縫《ぬ》うようにしながら更に先へと進む。だが、ただ避けるだけでは芸がない。ここは、ルミナによる強化の程を試《ため》してみるべきだろう。

斬法――柔の型、筋裂《すじさき》。

突進してきた羊へと、擦《す》れ違い様に刃を合わせる。相手の前進の勢いと体重だけを利用する攻撃であるが、果たしてその一撃《いちげき》は、見事にランドシープの体に一筋の傷を負わせて見せた。

魔法による強化はかけているものの、今回は《練命剣》は使っていない。つまり、ルミナがかけた《戦乙女の加護》は、それだけの強化能力を有しているということだ。

「成程、大したもんだ……！　こいつは都合がいい！」

流石、一時間に一度しか使えないというだけはある。この強化能力はかなりのものだ。これは間違《まちが》いなく、伯爵級悪魔と戦う時の切り札となり得るだろう。

強化の持続時間も結構長いようであるし、伯爵級が相手でも一度の戦闘《せんとう》であれば持つ筈《はず》だ。無論、この戦闘も、ということである。

「く、ははは！」

あの刃《やいば》を通しにくい毛を容易く斬り裂けることに笑《え》みを浮かべながら、俺は刃を振るいつつ羊たちの間を抜《ぬ》ける。体力が減っていた一部のランドシープは俺の攻撃を受けただけで倒れ伏し、それに引っかかる形で他の羊も転倒《てんとう》する。

そんな姿を目にすることなく捉えながら、俺は回避《かいひ》と共に刃を横薙《よこな》ぎに振り払《はら》った。

「《練命剣》、【命輝一陣】！」

放たれた生命力の刃が、こちらに近づいてきていた羊たちを纏めて薙ぎ払う。これで倒れなかったとしても、その勢いを落とすには十分だ。

バランスを崩して地面を転がった羊たちを踏《ふ》み越《こ》え、跳躍。その先から突《つ》っ込んでくる羊の背へと足を付ける。

歩法——渡凪《わたりかぜ》。

駆《か》ける羊たちの背を足場にして、その群れの突進を躱《かわ》し切る。そして俺は、その先から向かってくるブラックハウンドの頭上から踵《かかと》を振り下ろした。

打法——天月《てんげつ》。

犬の背骨を叩き折りながら地面に押し付け、滑《すべ》るように着地する。そんな俺の横を、上空から降り注いだ光の槍が貫《つらぬ》いて行った。

ルミナが展開する魔法陣は五つだが、その展開速度が以前とは段違《だんちが》いだ。準備には相応の時間を有していたこれまでとは異なり、五個程度であれば速攻《そっこう》で展開できるようになったようである。魔法陣から放たれた光の槍は、高速で走っていた犬の正面を塞ぐ。そして犬が反射的に左右へと避けた瞬間、その場所を狙った槍によって貫かれた。

「ほう……！」

どうやら、純粋《じゅんすい》な魔《ま》法威力《ほういりょく》、そして魔法を扱う技量についても成長しているようだ。一つ一つの伸びが目に見えて分かるだけに、ルミナの総合力はかなり向上していることだろう。三度目の進化は、どうやら現状の問題を解決するためにかなりの力となってくれるようだ。

ルミナの魔法《まほう》による狙撃《そげき》、セイランが巻き起こした風の渦《うず》による拘束《こうそく》、アリスの毒矢、それに加え俺《おれ》と緋真《ひさな》の攻撃によって倒れた犬は七匹《ひき》。今回は全部で十五匹であったようだし、約半数は倒せただろうが、それでもまだ羊たちは残っている。

「《奪命剣》――【咆風呪】」

振《ふ》り返り様に放つ、黒いオーラの波。その一撃で、隊列を乱され立ち往生していた羊たちのHPを纏めて吸収していく。それだけで、【命輝一陣】で消費したHPを丸ごと回復することができた。

相変わらず、このテクニックは集団相手に恐《おそ》ろしいほどの効果を発揮するものだな。

歩法――烈震《れつしん》。

残りの犬については上空のルミナたちに任せておいていいだろう。

まるで戦闘機《せんとうき》のように急降下しながら魔法を放ち、地上を刀で斬り払っていく姿は中々見物ではあるが、今はのんびりと観察している場合ではない。

「『生奪』」

斬法――剛の型、鐘楼《しょうろう》。

膝《ひざ》で蹴《け》り上げて振り上げた一閃で、立ち往生していた羊の首を薙ぐ。崩れ落ちる羊を尻《しり》目《め》に、更に先へと足を踏み出し、次なる標的へと刃を振り下ろす。

斬法――剛《ごう》の型、鐘楼・失墜《しっつい》。

反転させた刃は、こちらに気づいた羊を頭から斬り裂《さ》く。元より、毛が無ければ斬ることに困りはしない相手なのだ。骨を断《た》つこととて、俺にとってはそう難しい話ではない。

事切れた羊の巨体《きょたい》を蹴り転がして、さらに前進。これだけの数となると、やはり【咆風呪】や餓狼丸《がろうまる》の解放を使いたくなるところではあるが、前者はまだクールタイム中、後者はそもそも使うつもりがない。

流石に、このような場所で成長武器の経験値を浪費《ろうひ》してしまうつもりは無かった。

（そういや、緋真たちの成長武器も強化してやらんとな）

緋真たちの成長武器はまだ★3、伯爵級との戦いを考慮《こうりょ》するならば、★4への強化は必要になるだろう。俺もできれば★5まで強化したいところではあるが、まだ見かけない素材も多いため、とりあえずは保留するしかない。

ルミナの槍の件もあるし、この羊たちの毛も預けてしまいたい。今日のレベル上げが終わったら、一度エレノアたちのところに向かうべきだろう。

尤も――今は、そんなことを気にしている場合ではないのだが。小さく苦笑《くしょう》しながら、俺は血を拭《ぬぐ》った刃を鞘《さや》に納める。

「《練命剣》――【命輝一陣《めいきいちじん》】」

斬法――剛の型、迅雷《じんらい》。

居合と共に煌《きら》めく刃が飛び出し、広範囲を薙ぎ払う。その一撃は、体勢を整えて再び突進してこようとしていた羊たちの出鼻を挫《くじ》く形となった。

先頭の連中が足を詰《つ》まらせれば、当然ながらそれに続いていた羊たちも動きを鈍《にぶ》らせることになる。ケツに頭突《ずつ》きをされてバランスを崩す先頭の羊たち、そしてそれに阻《はば》まれて前に進めなくなった羊たち。間を抜けて出てこようとはしているが、それでも動きは鈍い。

そして、そうやって密集しているならば――

「《奪命剣》、【咆風呪】」

「《スペルエンハンス》、【フレイムストライク】！」

その集団へと向けて、俺と緋真で範囲攻撃を解き放つ。元より体力を削られていた羊たちは、その攻撃によって数多《あまた》が倒《たお》れることとなった。

無論、羊の群れ全てに攻撃が届いたわけではない。だが、後方で立ち往生していた羊と犬たちへは、ルミナとセイランによる魔法が降り注ぐこととなった。多めに展開された魔法陣からは、それぞれ爆裂する光弾《こうだん》が発射され、薙ぎ払うように魔物《まもの》たちを蹂躙《じゅうりん》する。

「……今のところ、ヴァルキリー系に敵として遭遇《そうぐう》したことはないが、悪夢みたいな存在だな」

凄まじい機動力で空中を駆け、強力な魔法を操《あやつ》る。その上、近接戦闘能力も高く、飛行騎獣《きじゅう》でも安易に近付けばあっさりと撃墜《げきつい》されてしまうだろう。遭遇する前にその能力を知れたことは幸運と考えるべきなのか。

思わず嘆息《たんそく》を零《こぼ》しつつ、俺は刃を拭って鞘に納めた。最早《もはや》手を出す余地もない。ルミナの放った魔法の中で、生き残った魔物は皆無《かいむ》であった。

『《格闘》のスキルレベルが上昇《じょうしょう》しました』
『《強化魔法》のスキルレベルが上昇しました』
『《練命剣》のスキルレベルが上昇しました』
『《HP自動大回復》のスキルレベルが上昇しました』
『《魔力操作》のスキルレベルが上昇しました』
『《戦闘技能》のスキルレベルが上昇しました』

第二十五章　嵐の支配者

『《格闘》のスキルレベルが上昇しました』
『《降霊魔法》のスキルレベルが上昇しました』
『《ＭＰ自動大回復》のスキルレベルが上昇しました』
『《奪命剣》のスキルレベルが上昇しました』
『《インファイト》のスキルレベルが上昇しました』
『《回復適性》のスキルレベルが上昇しました』
『《戦闘技能》のスキルレベルが上昇しました』
『テイムモンスター《セイラン》のレベルが上昇しました』
『テイムモンスター《セイラン》がレベル上限に達しました。《グリフォン》の種族進化が可能です』

あれからまた西に移動しつつ戦闘を繰り返したところで、ついにセイランにも進化の時期がやってきた。ルミナの成長具合を見るに、第四段階への進化はかなり期待が持てる。

緋真やアリスたちもレベルが上がっているし、この辺りで休憩《きゅうけい》しつつセイランの進化を確認《かくにん》してみるとしよう。

着陸したセイランをこちらへと呼び寄せ、《テイム》スキルによる操作画面を開く。はたして、コイツにはどのような進化先が用意されているのだろうか。

■ハイグリフォン
種別：魔物
属性：風
戦闘位置：地上・空中
大空の覇者《はしゃ》たるグリフォンの上位種。
強靭《きょうじん》な肉体と、強力な風を操る魔法を有しており、戦闘能力はかなり高い。
騎獣としても運用可能であるが、非常に気位が高く、実力を認めた者しか背中に乗せることはない。

「ふむ。進化先は一つだけか」

名前を見た感じ、順当な進化といった様子である。

スキル関連については分からないが、まあ今の状態から順当に進むことだろう。

懸念《けねん》といえば、体が大きくなって騎乗《きじょう》しづらくなることだが……まあ、説明文にも騎獣として運用可能と書いてあるし、恐らく大丈夫だろう。

「よし、セイラン。ハイグリフォンに進化させるぞ。準備はいいな？」

「クェエ」

だが俺の問いに対し、セイランは首を横に振って拒否《きょひ》の意を示してきた。まさかそんな反応が返ってくるとは考えておらず、思わず眼を見開く。

「どうした？　進化先は一つしかないんだ、他に選べるものも無いだろう？」

「クェ！」

俺の言葉に、セイランは俺の袖口《そでぐち》を嘴《くちばし》で咥《くわ》え、引っ張りながら何かを伝えようとしてくる。《テイム》のテクニックである【アニマルエンパシー】から伝わってくるのは、何かのイメージだ。丸い球状の何かと、羽のような物体だが――

「……ああ！」

グリフォン関連のアイテムがあったかと思考を巡《めぐ》らせ、思いついたのは二つのアイテムだった。

一つは、かつてフィールドボスであったグリフォンを倒した際に手に入れた、『嵐王《らんおう》の風切羽』。そしてもう一つが、ベーディンジアの王女を救出したことによって得られたアイテム、『嵐王の宝玉』だ。

どちらもグリフォンの上位種、嵐王《ワイルドハント》に関連するアイテムのようなのだが……渡《わた》されはしたものの、どう使っていいのか良く分からなかったのだ。これは、このタイミングで使えばいいのだろうか。

困惑しつつもそれらを取り出したところ、セイランはすぐさま反応を見せた。何と、それら二つを口に銜《くわ》え、あっさりと飲《の》み込んでしまったのだ。

「お、おい。それは大丈夫なのか？」

「クェ」

『テイムモンスター《セイラン》が、《嵐王の系譜《けいふ》》の称号スキルを取得しました』

困惑する俺を他所に、セイランはあっさりと新たな称号を取得してみせた。

どうやら、セイランはこれを取得したかったようだが、果たしてどうやってそれを知ったのか。グリフォンの本能のようなものなのだろうか……まあ、分からんが、用途《ようと》不明だったアイテムの正体が掴《つか》めただけいいだろう。

若干納得《じゃっかんなっとく》いかない感覚を覚えつつも、再び《テイム》のスキルから進化先を確認する。

すると確かに、先程までは存在していなかった進化先が表示された。

■ストームグリフォン

種別：魔物

属性：嵐

戦闘位置：地上・空中

大空の覇者たるグリフォンの上位種にして、嵐王《ワイルドハント》の下位種。

強靭な肉体に加え、嵐を自在に操る魔法を有しており、非常に高い戦闘能力を有する。

騎獣としても運用可能であるが、非常に気位が高く、実力を認めた者しか背中に乗せることはない。

どうやら、ハイグリフォンよりも更《さら》にワイルドハントに近い存在へと進化できるようになったらしい。

属性の時点で複合属性が表示されているのは初めて見たな。セイランは現時点で既に嵐属性に近いような攻撃をしていたし、ハイグリフォンでも似たようなことはできたと思うのだが、果たしてどこまで違《ちが》いがあるのか。

まあ何にせよ、これを選ばない理由もない。いずれワイルドハントに進化することを期待していたのだから、そのルートに乗れる可能性の高いこちらを選ぶべきだろう。

「で……お前もストームグリフォンならいいんだな？」

「クェエ！」

力強く首肯《しゅこう》するセイラン。どうやら、こちらであれば納得《なっとく》らしい。

思わぬ手間がかかったものの、これでセイランも進化させられる。小さく苦笑しつつ、俺はストームグリフォンへの進化を決定した。瞬間、セイランの巨体は紫色《むらさきいろ》の光に包まれる。どうやら、これは嵐属性の魔力であるようだ。

逆巻く風に包まれながら放電するセイランの姿は、ルミナの時のようにシルエットでの変化はあまり見えない。しかし、感じ取れる魔力は以前よりもかなり強力なものとなっているようだ。

期待を込めて、しかし若干の距離《きょり》を取りつつセイランの変化を見守る。セイランが纏《まと》う嵐は、徐々にその勢いを弱め――そして、その身に纏っていた光と共に霧散《むさん》した。

その内側から現れたのは――

「クアアアアアアアアアッ！」

大きく翼を広げたセイランの姿だった。グリフォンだった頃《ころ》の姿と大きく差があるわけではないのだが、翼には一部　紫のメッシュが入っており、また瞳は角度によって紫色に輝いて見えるようだ。顔つきもやや精悍《せいかん》というか、視線が鋭《するど》くなったように思える。

幸い、体の大きさは以前から変化は無く、鞍《くら》を調節する必要は無いようだ。

■モンスター名：セイラン

■性別：オス

■種族：ストームグリフォン

■レベル：1

■ステータス（残りステータスポイント：0）

STR：53

VIT：33

INT：35

MND：25

AGI：45

DEX：23

■スキル

ウェポンスキル：なし

マジックスキル：《嵐魔法《あらしまほう》》

《旋風魔法》

スキル：《風属性大強化》

《天駆》

《騎乗》

《物理抵抗《ていこう》：大》

《痛撃《つうげき》》

《剛爪撃《ごうそうげき》》

《威圧《いあつ》》

《騎乗者大強化》

《空歩》

《マルチターゲット》
《雷鳴《らいめい》魔法《まほう》》
《雷《かみなり》属性大強化》
《魔法抵抗：中》
《空中機動》
《嵐属性強化》
《突撃《とつげき》》
称号スキル：《嵐王の系譜》

セイランの場合、ルミナ程新しいスキルが増えた様子はない。第二マジックスキルの枠《わく》が追加され、複合属性である《嵐魔法》を覚えたこと、そしてその属性強化スキルを覚えたことが主な変化だろうか。

後は《飛翔《ひしょう》》が《天駆》に、《爪撃《そう》》が《剛爪撃》に、属性強化スキルがそれぞれ大強化に進化し、最後に《突撃》を覚えた程度だ。

いや、十分強化されているのだが、ルミナのように大きな変化とはならなかったらしい。無論、この強化でも十分すぎるレベルだ。各スキルが順当に強化されている上に、新たな属性の追加。元々高かったセイランの戦闘能力が、これで更に向上することになるだろう。

「ふむ……具合はどんなもんだ？」

「クェエ！」

力強く首肯するところ見るに、どうやら絶好調であるらしい。

とりあえず、どの程度強化されたのか、実際に戦わせて試してみたい所ではあるが……またある程度離《はな》れる必要があるか。

この辺りの羊たちは、経験値稼《かせ》ぎには良いのだが、続けて狩るためには移動が必要になるのが面倒《めんどう》なところだ。あまり離れすぎても戻るのに時間がかかってしまうし、ある程度のところで狩る相手を切り替《か》えたいが——そう考えた瞬間《しゅんかん》、足元から伝わってきた振動《しんどう》に、俺は眉を跳《は》ねさせつつ意識を集中させた。

「これは……」

何か、巨大《きょだい》な生き物が動き回っているような振動ではない。これは、地面の中を何かが移動しているために起こっているものだ。地面に手を着いてみれば、その振動は徐々《じょじょ》にこちらに近づいてきていることが分かった。

そういえば、先程でかいモグラの魔物がいたし、この辺りにもそいつがいるのだろうか。それにしては、少々振動がでかい気がするのだが――そう考えた瞬間、一気に高まった振動に、俺は舌打ちしながらその場から飛びのいた。素早《すばや》く反応したセイランもそれに続き――その刹那《せつな》、爆発《ばくはつ》するように土塊《どかい》が噴《ふ》き上がる。

その中から飛び出してきたシルエットに、俺は思わず絶句していた。

「――――ッ⁉」

巨大な鉤爪《かぎづめ》、鋭い牙《きば》。強靭な体躯《たいく》を覆《おお》う鱗《うろこ》。その姿は紛《まぎ》れもなく――

■アースドラゴン
種別：亜竜《ありゅう》
レベル：37

状態：アクティブ
属性：地
戦闘位置：地上・地中

『《識別》のスキルレベルが上昇しました』

「ドラゴンだと……!?」

その名は俺でも聞いたことがある、ファンタジーの代表格。翼《つばさ》は持たぬものの、強靭な体躯を持つそのトカゲは、地面から勢いよく姿を現して俺へと敵意を向けてきた。

どうやら、随分《ずいぶん》とやる気であるらしい。

「ッ……セイラン、進化していきなりの大物だ、行けるな！」

「ケエッ！」

レベルが妙《みょう》に低いのが気になるが、感じる魔力はかなりのものだ。

こいつは紛れもなく強敵である。決して、油断することはできない。だからこそ――俺は笑みを浮《う》かべて、餓狼丸を引き抜いたのだった。

第二十六章　地竜

竜、ドラゴンという言葉を聞いて、最初に思《おも》い浮かべるのはヴェルンリードの真の姿だ。奴《やつ》はバジリスクとかいう種類であったらしいが、姿かたちは間違いなくドラゴンであった。

目の前にいるアースドラゴンは、ヴェルンリードよりは二回り程度小さい体躯をしている。更に背中には翼が無く、空を飛ぶ能力は有していないことは明らかだ。《識別》の結果には亜竜と記載《きさい》されていたが、純粋なドラゴンではないということだろうか。

まあ、どちらにせよ――

「厄介《やっかい》な相手には変わりない、か！」

「ガアアアアアッ！」

鋭い牙を剥《む》き、こちらへと突進してくるアースドラゴン。

ヴェルンリードほどではないとはいえ、この巨体の突進は受け切れるわけがない。素直《すなお》に横に跳躍《ちょうやく》して回避すれば、目標を失ったアースドラゴンは地面を削《けず》りながら俺の横を通り過ぎて行った。そんな地竜へと、進化したばかりのセイランが突撃する。

「ケエエエエエエエッ！」

鋭い叫《さけ》び声と共に、セイランの周囲を風の渦が覆い始める。若干薄暗《じゃっかんうすぐら》いそれは、嵐の日の空の色にも似ていた。黒雲の合間からは紫電《しでん》の瞬《また》きが零れ始め、内側にいるセイランの姿を妖《あや》しく照らし出す。

だが、激しく周囲の雑草を揺《ゆ》らしている様子の暴風は、しかし俺に対しては全く影響《えいきょう》を及《およ》ぼしていなかった。どうやら、今のセイランの風は、効果のある対象を選ぶことができるようだ。

嵐を纏うセイランは、その腕《うで》に雷光瞬《らいこうまたた》く黒雲を纏わりつかせ、鋭い爪を鉄槌《てっつい》のように振り下ろした。瞬間——ガァンという鈍い音と共に地竜の体が曲がり、大地に深い溝《みぞ》を作りながら横へと弾《はじ》き飛ばされる。

「クケェエッ！」

次いで、鋭い鳴き声。それが響《ひび》き渡った瞬間、眩《まばゆ》い雷がアースドラゴンへと向けて降り注いだ。

セイランの放った魔法の直撃《ちょくげき》を受け——しかし、ドラゴンの巨体は健在だ。どうやら、雷の魔法についてはあまり効果を発揮していないらしい。とはいえ、脇腹《わきばら》の鱗が砕《くだ》けて血が流れている辺り、打撃《だげき》については十分すぎる効果を発揮していたようであるが。

傷を負ったアースドラゴンはどうやら怒《いか》り心頭の様子であり、手足を広げて踏ん張るような姿勢を取り――

「グルァアアアアアッ！」

強大な魔力《まりょく》を纏いながら、鋭い咆哮《ほうこう》を上げた。瞬間、地面からは鋭いスパイクが次々と突き出し、こちらへと一直線に向かってきた。

どうやら魔法による効果のようだが、これはどう斬ったら破壊《はかい》できるのやら。

『生魔《せいま》』

左側へと回避しながら、横薙ぎに刃を振るう。下から掬《すく》い上げるような一閃《いっせん》は、突き出そうとしていた石のスパイクを豆腐《とうふ》のように斬り裂いて霧散させる。

どうやら普通《ふつう》に斬ればいいようだが、地面から突き上げてくるものは中々斬り辛《づら》い。これは変に狙《ねら》わず、素直に回避した方が楽だろう。

幸い、直線にしか向かってこないわけだしな。

「お父様！」

どうやら、離れた場所にいた緋真たちもこちらに近づいてきたようだ。

一番最初に到着《とうちゃく》したのは、空を駆けて接近してきたルミナだ。上空から光の槍《やり》を放ったルミナは、そのまま打ち降《お》ろすように光の尾《お》を引く刃を振り下ろす。その一撃はアースドラゴンの鱗を貫くことは無かったが、魔法によるダメージは確かにアースドラゴンに届いているようだ。

どうやら、かなり頑丈《がんじょう》な鱗を持っているらしい。セイランの一撃を受けてあの程度のダメージであることからもそれは理解できる。

ならば――

歩法――縮地《しゅくち》。

アースドラゴンが意識をルミナへと向けた瞬間、そのトカゲの巨体へと肉薄《にくはく》する。狙うはセイランの一撃が当たった場所、その鱗の亀裂《きれつ》へと向けて刃を突き出す。まだその下の肉を穿《うが》てるレベルの隙間《すきま》ではないが、やりようはある。

「よっと」

「グ、ギィイイイッ⁉」

鱗の亀裂に突き刺《さ》さった刃を、押《お》し込み抉《えぐ》るようにしながら捻《ひね》る。瞬間、陶器《とうき》が割れるような音と共に、ドラゴンの鱗の一枚が剥《は》がれ落ちた。

これでダメージを与《あた》えやすい弱点ができたが、どうやら鱗を剥がすのには随分な痛みが伴《ともな》ったらしい。身を捩《よじ》って暴れ出したアースドラゴンに、不用意な追撃《ついげき》はせず後方へと跳躍する。

そして、それと入れ替わるように前に出たのはセイランだ。純粋なパワーに優《すぐ》れるセイランは、その強靭な膂力《りょりょく》をもってアースドラゴンを抑《おさ》え込みにかかる。

だが、流石《さすが》に体格で言えば相手の方が上。たとえ高いステータスを持っていたとしても、容易《たやす》く抑え込めるものではないようだ。

（いや……体格差があるとはいえ、このレベル差でセイランと拮抗《きっこう》するのか？）

相手のステータスを覗《のぞ》き見ることはできないため、流石にどのような数値関係なのかは分からないが、どうも基礎的《きそてき》なステータス値が高いように思える。

ＳＴＲが特別高いのか、或《ある》いはドラゴンという種族そのものが特殊《とくしゅ》なのか。どちらなのかは分からないが、このトカゲが強敵であることは間違いない。

セイランでさえ抑え込むことが難しいのだ。ならば、バランスを崩している今のうちにダメージを与えておくべきである。

――その考えは、どうやら他の二人も同じであったようだ。

「ついに野良《のら》のドラゴンなんて出てくるとはね……土竜《もぐら》から派生したギャグかしら？」

言いながら、アリスがドラゴンの背中に刃を突き立てる。防御無視《ぼうぎょ》の攻撃を持つアリスは鱗を貫いてダメージを与えられるが、流石にこの巨体では内臓にまで刃を届かせることはできないようだ。

だが、すぐさま刃を抜き取ったアリスは、アースドラゴンの巨体を蹴って跳《と》び離れ――入れ替わるように、炎《ほのお》を纏う紅蓮舞姫《ぐれんまいひめ》を構えた緋真が飛び込《こ》んだ。流石に成長武器を解放したわけではないようだが、魔法を伴う緋真の攻撃威力《こうげきいりょく》の高さは折り紙付きだ。

「――【炎刃連突《えんじんれんとつ》】！」

緋真が突き出した刃は、アリスが穿った傷へと吸《す》い込まれ――派手な炎を上げる。

どうやら、《術理装填《そうてん》》で【フレイムピラー】を装填していたようだ。刺突《しとつ》と共に開放された緋真の魔法は、アースドラゴンの巨体を包み込み、灼熱《しゃくねつ》の炎で焦《こ》がしてゆく。

どうやら、魔法についてはそれなりにダメージを与えられるようだが、それでもある程度耐性《たいせい》はあるらしい。全体的に頑丈な相手、といったところだが――

「緋真、離れろ！」

「っ⁉」

急激な魔力の高まりに、俺は鋭く緋真へと告げる。緋真も《魔力操作》を持っているため、その感覚を感じ取ることができたのだろう。俺の声とほぼ同時に、アースドラゴンの巨体を蹴って距離を取っていた。

そして次の瞬間――アースドラゴンの体が、一回り膨《ふく》れ上がった。

「……何だそりゃ」

「岩の……鎧《よろい》？」

炎が消え、姿を現したアースドラゴン。その体は、全身が岩石による装甲《そうこう》で覆われていたのだ。どうやら、体を岩で覆って防御力《ぼうぎょりょく》を高める魔法であるらしい。

元々頑丈であるというのに、更に防御を厚くするとは……まともに相手をしていたら面倒なことこの上ない。しかも随分と刺々《とげとげ》しいデザインであるため、あのまま体当たりされたらかなりのダメージになりそうだ。

「セイラン！」

「クアアアアアアアアアアッ！」

勇ましく叫び声を上げ、嵐を纏うセイランが突撃する。

対し、アースドラゴンもまた低く唸《うな》り声を上げながら、正面から立ち向かってくる。

両者の距離は瞬《またた》く間《ま》に詰まり――セイランの剛腕《ごうわん》とアースドラゴンの突進《とっしん》、それらが正面から激突《げきとつ》して大気を揺らすような衝撃《しょうげき》が迸《ほとばし》る。地面が爆《は》ぜ割れ、粉塵《ふんじん》を撒《ま》き散らし――

その中へと、俺は躊躇《ためら》うことなく飛び込んだ。

衝撃によって互《たが》いに距離を取ることになったセイランとアースドラゴン。お互いに体勢が崩《くず》れているが、それほど大きなダメージにはなっていないようだ。

「よくやった、セイラン」

激突によってバランスを崩し、動きを止めているアースドラゴン。今の状態ならば、容易に弱点を狙い打つことができる。

「『生魔』」

斬法――剛の型、穿牙《せんが》。

アースドラゴンの横っ腹へと肉薄、岩石の鎧に覆われた体の下――鱗の剥がれた一点を狙い、勢いづけた刃《やいば》の切っ先を突き出す。

たとえ頑強《がんきょう》な鎧であったとしても、それが魔法によって構成されているものであることに変わりはない。であれば、《蒐魂剣》によって斬《き》り裂けることは道理だ。

威力《いりょく》を強化した《蒐魂剣》による一撃《いちげき》は、岩石の鎧を土塊か何かのように貫き、その下にある竜の肉体を抉る。

「ガ――――ッ!?」

刃を捻り、臓腑《ぞうふ》を掻《か》き回し、撫《な》でるように斬り裂きながら刃を引き抜《ぬ》く。それが致命傷《ちめいしょう》となったのか、アースドラゴンは口から大量の血を吐《は》き出し、その場に崩れ落ちた。

『レベルが上がりました。ステータスポイントを割《わ》り振ってください』

『《刀術》のスキルレベルが上昇しました』

『《格闘《かくとう》》のスキルレベルが上昇しました』

『《降霊魔法《こうれいまほう》》のスキルレベルが上昇しました』
『《蒐魂剣》のスキルレベルが上昇しました』
『《生命力操作》のスキルレベルが上昇しました』
『《戦闘技能《せんとうぎのう》》のスキルレベルが上昇しました』

どうやら、一体だけではあったものの、そこそこの経験値を有した魔物であるようだ。レベルが低かったのはやはり種族的なものだったのか……何にせよ、戦う相手としては悪くはない。

まあ、普段《ふだん》地面の下にいるようであるし、狙って戦えるような相手でもないようだが。

「しかし、セイランも随分と強化された。やはり、進化はかなりの強化になるもんだな」

「あのでっかい魔物と正面から押し合うなんて、進化前じゃ無理でしたよね」

「押し負けていた可能性は高いだろうな。嵐属性の具合も見れたし、戦闘面では十分だな」

後は騎獣としてどのような変化が起こっているか、それを確かめる必要があるが……とりあえず、それは追々分かるだろう。

何にせよ、ルミナとセイランはかなり強化された。だが、俺自身の強化が進んでいるかと問われれば、それはまだ頷《うなず》くことはできないだろう。少なくとも、今のところ大きな変化は無い。このまま伯爵級《はくしゃく》悪魔《あくま》に挑《いど》めるかといえば、まだ少々疑問は残るだろう。

ここから強化を続けたとして、次に変化が起こるとすれば……三魔剣《まけん》のレベル20だろうか。恐《おそ》らく、そこで新たなテクニックが追加される。それがどの程度有効なものとなるかは分からないが……手札が増えることには違いない。

「……よし、移動するぞ。まだまだレベルアップせにゃならん」

「はいはい。本当に熱心よね、貴方《あなた》も」

苦笑するアリスには笑《え》みを返し、俺《おれ》は進化したセイランの背へと跳び乗る。

さっさと移動し、また羊なりを探さねばなるまい。確実に悪魔を斬る、そのために手を抜くつもりは無いのだから。

第二十七章　空の果て

『《格闘》のスキルレベルが上昇しました』
『《強化魔《ま》法《ほう》》のスキルレベルが上昇しました』
『《降霊魔法》のスキルレベルが上昇しました』
『《MP自動大回復》のスキルレベルが上昇しました』
『《奪命剣《だつめいけん》》のスキルレベルが上昇しました』
『《練命剣》のスキルレベルが上昇しました』
『《回復適性》のスキルレベルが上昇しました』
『《戦闘技能》のスキルレベルが上昇しました』

再び羊の群れを片付け、レベルアップしたスキルを確認する。

《練命剣》と《奪命剣》はレベル19、あと一つでレベル20に達する。だが、羊と犬の群れの場合魔法を使ってこないため、《蒐魂剣》のレベルを上げるには【奪魂斬】を使うぐらいしか方法はない。

アースドラゴンならば魔法を使ってくるため鍛《きた》えることはできるのだが、奴とは中々遭遇できないため、鍛えるにはあまり適した相手とは言えない。

魔法を使ってくる魔物《まもの》と遭遇するまでは、【奪魂斬】を使っていくしかないだろう。

「っと……そういえば、《強化魔法》もそろそろ次の魔法か」

こいつも相変わらずスキル進化をする様子はないが、とりあえずレベル40なら何かしらの魔法は増えるだろう。前回は装備を強化する魔法が増えたわけではなかったため、今度はそちらの魔法が増えると信じたい。こちらも攻撃力《こうげきりょく》の強化という面では結構有用であるし、伯爵級悪魔と戦うための手札の一つとできるだろう。

もう一つ、《降霊魔法》も徐々にではあるがレベルが上がってきている。奇数《きすう》のレベルでポイントを得ており、現在の所では【武具精霊召喚《せいれいしょうかん》】はレベル6となっている。

これについても火力の強化になっているのだが、武器に精霊《せいれい》を宿した際の光が徐々に腕の方まで伸《の》びてきていることが気になる。このレベルがどこまで上がり、そしてこの光もどこまで伸びてくるのか——正直良く分からんが、これが大きく変わるのはまだまだ先になるだろう。

「とりあえずの目標は、《強化魔法》と三魔剣か……まあ、これならまだ間に合うか」

集中的に使って行けば、今日中にレベルアップさせることは可能だろう。どのような成長をするのかは分からんが、マイナスになることは無いはずだ。さっさと次の敵を探して移動するとしよう。

レベルアップ状況《じょうきょう》を確かめた俺は、再度騎乗しようとセイランの方に向かい――何やら、空を見上げて騒《さわ》いでいる緋真《ひさな》に呼び止められた。

「せ、先生！　見てください、あれ！」

「おん？　何か飛んでるって――」

緋真が指差した先へと視線を向け――思わず、絶句する。

空の上、一面に広がる青い空の中に、一点だけ存在する威容《いよう》。そこには、空を悠然《ゆうぜん》と駆《か》けるドラゴンの姿があったのだ。

雲の隙間に見え隠《かく》れしているため、かなりの高高度を飛行していることは間違《まちが》いないのだが、そうであるにもかかわらず姿を捉《とら》えることができている。雲の高さにもよるが、下手をしたらジャンボジェットぐらいのサイズはあるのではないだろうか。

全身を銀の鱗に覆われた、翼を持つ巨大な龍《りゅう》。先ほどの地竜とは明らかに格が違う、本物のドラゴンだ。

「……真龍」

「ルミナ？　真龍ってのは何だ？」

「精霊王様と同じ、女神《めがみ》様の側に属するドラゴンの総称《そうしょう》です。先ほど倒《たお》した亜竜はあくまでも魔物の一種ですが……あちらはどちらかというと、精霊に近い存在です」

どうやら、精霊だからこそ知れる情報があったようだ。

しかし、真龍か。女神の側ということは味方であるし、あのドラゴンと戦うことはないのだろう。それはそれで少々残念だが……まあいい、妙に事を荒立《あらだ》てる必要も無いだろう。

「西に向かうか……あちらは、帝国《ていこく》とやらの方角だったか？」

「ドラゴンはあっちの国に住んでるんですかね？」

「さてな……まあ流石に、今から隣《となり》の国に行くわけにもいかんし、それは追々だ」

あのドラゴンのことが気にならないと言えば嘘《うそ》になるが、セイランでも流石にあの高さまで飛ぶことはできない。というか、飛べるかもしれないが騎乗している俺の方がきつい。装備無しであのような高高度を飛ぶのは勘弁《かんべん》して欲《ほ》しいところだ。

ドラゴンのことは一度置いておいて、地図を確認する。どうやら、かなり西の方まで移動してしまったらしく、このまま西に進むと帝国の領土に入りかねない。

まあ、流石にまだ閉鎖《へいさ》されているのだろうが……どちらにしろ、今そちらの国に向かうつもりは無いのだ。ここは一旦《いったん》、逆方向に向かうしかないだろう。

「敵に復活していて欲しいところではあるんだがな……」

あの羊たちはまとめて襲《おそ》い掛《か》かってくるため、一度倒してしまうとその辺りの魔物を一掃《いっそう》してしまうことになる。そろそろ最初に戦ったあたりの連中は再出現していてもおかしくないとは思うのだが――何にせよ、この場に留《とど》まっていても仕方が無いか。とりあえず、向かう先は北か北東か。敵の強さを考えると、とりあえず北に行った方が良いだろう。

目標である羊たちを探すため、今度こそセイランの背に乗り、地を蹴《け》って飛び立った。旋回《せんかい》しながら上空へと駆け上がり、先程《さきほど》ドラゴンが去って行った西の方角へと一度視線を向ける。

真龍か。ファンタジーに興味があるというわけではないが、間近で見てみたいという感情は否定できない。いずれ出会うことがあれば、その時はじっくりと観察させて貰《もら》うとしよう。

「……ん？」

ふと、気配を感じて再び西の方角へと視線を向ける。

まだ遠いが、こちらへと向けられているのは明確な敵意だ。だが、先程の真龍ではない。あんな怪物《かいぶつ》とは比べるべくもないが、しかし確かに強く鋭い殺気。地上ではなく、空中。こちらへと向かってくるのは、両腕《りょううで》が翼となった一頭のドラゴンだ。

■エアロワイバーン
種別：亜竜
レベル：38
状態：アクティブ
属性：風
戦闘位置：地上・空中

若干《じゃっかん》緑色がかっているが、あの姿形は見覚えがある。ベーディンジアの騎獣《きじゅう》牧場、少数ながらそこで見かけた騎獣だ。

能力は高いもののグリフォン以上に気性《きしょう》が荒《あら》く、また地上を走るには向かないほぼ空中専用の騎獣。しかも体がでかいため、武器を用いた接近戦はやり辛いという、俺にとってはあまり向いていない騎獣だった。だが、単体の魔物として見れば間違いなく強力な存在であり、決して油断ができる相手ではない。

まずは——

「セイラン、地面に叩《たた》き落すぞ」

「ケェッ！」

風属性の特化したワイバーンとなれば、空中戦に秀《ひい》でていることは疑うべくもない。であれば、まずはあの空飛ぶ怪物を地に堕《お》とす。

こちらに有利な状況を作り上げなければ、勝てる戦も勝てなくなるというものだ。

「しかし、コイツも妙にレベルが低いな……亜竜ってのは皆《みな》こうなのか？」

背中の野太刀《のだち》を引き抜きながらセイランを駆る。それと共に、セイランは周囲に渦《うず》を巻く黒雲を、エアロワイバーンは逆巻く風を纏い始めた。

相変わらず、セイランの嵐《あらし》は乗り手である俺に対しては影響を及ぼす様子はない。これが無ければ、雷の瞬くこの嵐を纏うことはできなかっただろう。

「ケエエエエエエエッ！」

「ガアアアアアアアッ！」

鋭い叫び声を上げ、正面から突撃する二頭の怪物。牽制《けんせい》として放たれた魔法は相殺《そうさい》され、セイランはその剛腕を、ワイバーンは鋭い牙を使った攻撃《こうげき》を放つ。

ワイバーンが噛《か》みつこうとしてきたその一撃をセイランが腕で払《はら》い、交錯《こうさく》。互いにまともに攻撃は当てられなかったが、ワイバーンのＨＰは僅《わず》かながらに削れているようだ。どうやら、セイランが纏う雷は、相手に防がれても多少はダメージを与えてくれるらしい。

これはこれで便利だが、このような迂遠《うえん》な攻撃をするわけにもいかないだろう。

「【シャープエッジ】、【武具精霊召喚】……『生魔』」

武器攻撃力を向上させ、次なる交錯に備える。相手も巨体《きょたい》を持つ魔物だ。正面衝突《しょうとつ》時の衝撃はかなりのものになるため、流石に手綱《たづな》を握《にぎ》らずに刃を振《ふ》るうことは難しい。

刃を横向きに構え、前傾《ぜんけい》姿勢になりながら、足でセイランに合図を送る。瞬間、魔力を昂《たかぶ》らせたセイランは、大きく旋回しながらワイバーンへと向けて突撃した。

対するワイバーンは、こちらへと向けて風の刃を次々と放ってくる。飛来する魔法に対し、セイランは素早く体を傾《かたむ》けながら擦《す》り抜けるように前進した。

下手をしたら振り落とされそうな衝撃の中、しかしセイランは一度も被弾《ひだん》することなくワイバーンの魔法を潜《くぐ》り抜け――相手が己《おのれ》の正面に展開した風の渦を回転しながら回避《かいひ》する。足を使ってセイランの体を挟《はさ》み込み、落とされぬようにしながら振るった刃は、ワイバーンの翼膜《よくまく》に一筋の傷を付けた。

「グルァアアッ！」

こちらに攻撃が当たらず、しかもダメージを負ったことでか、ワイバーンは怒りの唸り声と共にこちらを睥睨《へいげい》する。瞬間――下方から放たれた炎が直撃し、巨大な爆発を巻き起こした。こちらに意識がそれた瞬間を狙い、緋真が魔法で狙ったのだ。

そして、その爆発によって相手の視界を塞《ふさ》いだ瞬間、上空から一筋の光が駆け下りた。

それは、上空へと駆け上がり、精霊刀に光を宿して舞《ま》い降りたルミナだ。強力な光の魔力を宿したルミナの一閃は、俺が傷つけた翼膜を完全に斬り裂《さ》き、穴を空けた。

「ガ……ッ⁉︎」

ぐらりと、ワイバーンの体が揺れる。

翼に穴を空けられたのだ、それも当然だろう。だが、奴は翼だけで飛んでいるわけではない。どちらかといえば、魔力による作用が重要なのだろう。

故に——

「《蒐魂剣》！」

——身を翻《ひるがえ》したセイランと共に接近し、奴の纏《まと》う風を《蒐魂剣》にて斬り裂く。瞬間、揚力《ようりょく》を失ったワイバーンは、回転しながら地上へと墜落《ついらく》したのだった。

第二十八章　地上にて

地面へと墜落していくエアロワイバーン。その姿を見下ろしながら、俺はセイランの背の上から飛び降りた。この高度では、俺も流石に無事に着地することは困難だが……空中で身を翻したルミナが、俺の左腕《ひだりうで》を取って体を支えてくれた。

そして、俺という重石《おもし》を失ったセイランは、全身に嵐を纏いながら地面へと向けて一直線に降下してゆく。

「ルミナ、準備しておけ」

「はい、お父様」

俺の言葉に頷き、ルミナは徐々に降下しつつも背中に多数の魔法陣《まほうじん》を展開し始める。重装備の俺を片手だけで支えられるようになってきた辺り、コイツも中々に成長してきたようだ。

俺たちが上空で見守る中、落下していくエアロワイバーンに追いついたセイランは、その胴《どう》へと剛腕を振り下ろしながら地面へと叩き付けた。瞬間、纏う嵐が解放され、地面を砕き巻き上げながらすり鉢《ばち》状に陥没《かんぼつ》させる。

一瞬《いっしゅん》だけ粉塵が巻き上がるが、それも解放された暴風によって吹《ふ》き散らされ、陥没した地面に埋《う》まるワイバーンの姿が明らかとなった。相手を地面へと叩き付けたセイランは、しかし追撃を加えることなく、翼を羽ばたかせてその場から離脱《りだつ》する。

瞬間――

「光の槍よ！」

鋭《するど》い掛け声と共に、ルミナは背後に展開した魔法陣より光の槍を撃《う》ち放った。

十本に達する光の槍は、尾を引く残光を残しながらエアロワイバーンへと殺到《さっとう》し――その瞬間、相手は大きく口を開いて咆哮を発した。

「ルァ――――ッ！」

叫び声のようにも聞こえるそれは、強大な魔力を伴い、風の渦となって上空へ――殺到してくる光の槍へと放たれる。騎獣についての説明で、話には聞いていた。あれはブレス、ワイバーンの持つ切り札であり強力な攻撃スキルだ。

エアロワイバーンのブレスはどうやら強力な気流を発生させるもののようであり、その一撃はルミナの魔法を纏めて消し飛ばして見せた。

成程《なるほど》、確かに大した威力のようだ。が――

「ブレスは連発できない、だったな」

「ですね……《スペルエンハンス》、【フレイムピラー】！」

俺の言葉に頷きながら、緋真が魔法を発動する。瞬間、陥没していた地面が丸ごと炎の柱に包まれ、エアロワイバーンの身を焼き焦がす。その間に地面に着陸した俺は刃を構え──膨れ上がった魔力の感覚に、すぐさまスキルを発動させた。

「《蒐魂剣》！」

刹那、緋真が発動していた炎の柱が、内側から膨れ上がるようにしながら破裂《はれつ》する。それを成したのは、エアロワイバーンが体の周りに展開していた渦を巻く気流だ。どうやら、これを使って緋真の魔法を防いでいたらしい。

周囲へと強引《ごういん》に押し広げるかのように放たれた風の渦へと、俺は深く重心を落としながら刃を振り下ろした。瞬間、俺たちへと押し寄せてきていた風の渦が霧散《むさん》する。

魔法による現象であれば、《蒐魂剣》で斬り裂けぬ道理はない。まあ、流石にブレスほどの密度を正面から斬るのは危険であるため避《さ》けたい所だが。

「クアアアアアアアアアッ！」

魔法が消えたところで、地へと降り立ったセイランの体当たりが炸裂《さくれつ》する。ワイバーンは翼を横に開いた前傾姿勢であるため、それだけで横倒《よこだお》しになるようなことは無かったが、それでも僅かながらに体勢が崩れたようだ。

その隙《すき》を逃《のが》さず、俺たちは刃を構えてエアロワイバーンへと接近する。

「『生魔』」

斬法――剛《ごう》の型、輪旋《りんせん》。

大きく旋回させて振り下ろした刃は、エアロワイバーンの首へと食《く》い込み、鱗《うろこ》を断《た》ち割りながら傷を刻む。ダメージとしてはまだ浅いが、一部鱗を剥がせただけでも効果としては十分だ。

傷を受けたエアロワイバーンは、怒りに燃えながらこちらへと大口を開き――その瞬間《しゅんかん》、俺の背後から飛び出してきたアリスが、ワイバーンの首筋に取り付いた。

「さっきのに比べればマシだけど、ドラゴンって頑丈なのね……それなら、こうさせて貰うわ」

言いつつ、アリスは短剣《たんけん》に赤いエフェクトを纏わりつかせながら、その切っ先を俺が付けた傷口へと振り下ろす。その瞬間、刃に纏わりついていた赤い靄《もや》のようなエフェクトは、ワイバーンの首筋へと移り、その存在を主張し始めた。

今アリスが使ったスキルは《傷穿》という物だ。このスキルは、それ自体には攻撃力の上昇《じょうしょう》効果などはない。だが、今のようにこの赤いエフェクトを纏わりつかせた場所に対するダメージを増やす効果があるのだ。

簡単に言えば、その場所を弱点部位に変えてしまうのである。これを当てた場所には《死点撃ち》の効果が乗るし、元より弱点で在った場所ならば更《さら》にダメージが増加する。二度刺す必要がある、という意味ではアリスらしからぬスキルであるが……パーティプレイを前提とするならば、かなり有用なスキルであると言えるだろう。

尤《もっと》も、その一撃自体は大したダメージにはならないため、エアロワイバーンの注意はこちらに向いたまま、鋭い牙《きば》で噛みついてきたのだが。

「おっと」

歩法──虚影《きょえい》。

だが、そんな大振《おおぶ》りな攻撃に当たるほど油断はしていない。寸前で半歩後退してワイバーンの攻撃を回避しつつ、首筋の傷へと刃を添《そ》える。

「『生奪』」

【命輝閃《めいきせん》】を使いたい所であるが、今回は《奪命剣》も育てたい。スキルを併用《へいよう》して攻撃力を高め、振るうのは密着状態から放つ一閃だ。

斬法──柔《じゅう》の型、零絶《れいぜつ》。

地面を踏《ふ》みしめた脚《あし》と、腰《こし》から連なる回転運動。それによって推進力を得た一閃は、浅かった首の傷を深く抉ることとなった。

「ガアアアアアアッ⁉」

先ほどとは比べ物にならぬダメージだったのだろう、エアロワイバーンは悲鳴を上げながら体を仰《の》け反《ぞ》らせる。それはつまり、前傾姿勢であったこいつの重心が後ろにズレたということであり――その隙を見逃《みのが》すわけがないということでもある。

まるで待ち構えていたかのようにするりと前に出てきたのは、刃を下段に構える緋真だ。

「《スペルエンハンス》、《術理装填》【フレイムストライク】――【炎翔斬】！」

魔導戦技《マギカ・テクニカ》を発動させた緋真の体は、あり得ないほどに大きく飛び上がりながら刃を振り上げる。その一閃はエアロワイバーンの顎《あご》を捉え、その身をさらに大きく仰け反らせた。

後ろへと倒れかけたその巨体、そこへと追撃を仕掛《しか》けるのは、今まさに空中に飛び上がっている緋真と、横合いから飛び込んできたルミナだ。

「光よ、刃と成せ！」

「はあああッ！」

ルミナが振るう一閃は強い魔力を伴い、鱗による防御を無視してワイバーンにダメージを与える。そしてその直後に振り下ろされた緋真の一閃は、解放した魔法による爆裂《ばくれつ》でワイバーンの身を後方へと押し倒すこととなった。

金と紅、二色の剣閃は×字を描《えが》き、ワイバーンの身は仰向《あおむ》けに倒れて動きを止める。そして次の瞬間、頭上から飛び降りてきたセイランが、その剛腕でワイバーンの首を押さえつけた。

「グッ、ガアアアアッ！」

仰向けに押さえつけられたワイバーンは、その拘束《こうそく》から強引に抜け出そうと身を捩り、更に魔力を昂らせる。どうやら風を利用してセイランを押しのけるつもりであるようだが、生憎《あいにく》とそうはいかない。

小さく笑みを浮《う》かべた俺は、発現しようとしている魔法へと向けて蒼《あお》い刃を振るった。

「『生魔』」

セイランを押しのけようとする風の砲弾《ほうだん》、それが着弾《ちゃくだん》するよりも早く割り込ませた一閃が、放たれた魔法を霧散させる。そして次の瞬間、セイランは強大な雷《かみなり》を発し、エアロワイバーンにダメージを与えながらその体を痺《しび》れさせた。

麻痺《まひ》の状態異常がかかったらしく、ほんの僅かな時間ではあるが、動けないタイミングが発生する。であれば——その大きな隙を逃す理由などありはしない。

そして、このタイミングで真っ先に動くことができたのは、あらかじめ退避《たいひ》して《隠密《おんみつ》行動》を発動させていたアリスだ。いつの間にかワイバーンの頭側まで移動していた彼女《かのじょ》は、動きを止めた相手の首筋、赤い靄《もや》のようなエフェクトの纏わりつく傷口へと向けて、その黒い刃を振り下ろす。

元より防御力を無視するその一撃は、首の深くまで潜《もぐ》り込み――エアロワイバーンの命脈を、確実に断ち切っていた。

『《蒐魂剣》のスキルレベルが上昇しました』

『《魔技共演》のスキルレベルが上昇しました』

『《インファイト》のスキルレベルが上昇しました』

『《戦闘技能》のスキルレベルが上昇しました』

完全に弛緩《しかん》したエアロワイバーンの体を見下ろし、俺は深く息を吐き出す。

地上でさえこれほど暴れるのであれば、空中でまともに戦うのは中々に困難だっただろう。早々に叩き落して地上戦に移ったのは正解だった。

しかし魔法を多用する様子であるし、《蒐魂剣》を鍛える相手としては中々に向いているように思える。それに、コイツであればアースドラゴンほど探すのに苦労することは無いだろう。

「……もう少しコイツを探すか」

「またこれと戦うんですか……面倒《めんどう》過ぎませんか？」

「そう言うな、地面に堕としてやれば大した相手じゃないだろう」

まあ、セイランの負担が大きいことは気にしなければならないだろうが。

後の問題は、ワイバーンの切り札であるブレスに対してどのように対処するかということだ。今回は相手が防御のために使ってくれたが、今後も同じ展開になるとは限らない。流石に正面切って《蒐魂剣》で対応するのも難しそうであるし、そこは考えなければならないだろう。

「中々珍《めずら》しそうだし、すぐに会えるかは分からんが……そこまでは羊を探すとしよう。目指すスキルレベルはあと少しだしな、さっさと稼《かせ》いでしまうとしよう」

「私も魔法のスキルレベル上げたいな……」

そう言えば、緋真の《火炎魔法《かえんまほう》》もそろそろレベルの節目だったか。新たな魔法がどの程度の戦力強化になるかは分からんが、ここは期待させて貰うとしよう。

優先的にレベルを上げるスキル、その効果について相談しつつ、俺たちは更に北北西へと向けて移動を開始した。

第二十九章　激しき空戦

あれから幾度《いくど》か戦闘を繰《く》り広げた結果、ドラゴン共が西寄りの領域でしか出現しないことが判明した。要するに、帝国とやらの領土に近ければ近いほど、ドラゴンたちは出現しやすくなるのだろう。あの真龍のこともあったし、やはり帝国はドラゴンに所縁《ゆかり》のある土地なのだろうか。

まあ、それについてはこの国の問題を解決し、移動した際に確かめる程度でいいだろう。

しかし――

「ちょっと近寄り過ぎたのは拙《まず》かったか」

「言ってる場合ですか！」

検証のため、一度西の方へと大きく接近してみたのだが、その結果出現したのは二体のエアロワイバーンであった。

空中戦に秀でたこのドラゴンが二体、流石にこれは容易い相手ではない。一度後退して距離《きょり》を取りつつ、慎重《しんちょう》に攻《せ》める必要があるだろう。だが問題は、エアロワイバーンが空中における機動力に秀でている点だ。

（風属性は速い印象があるのは確かだが……空戦となると厄介《やっかい》だな）

放たれる風の刃や砲弾をセイランを操《あやつ》って回避しながら、胸中で毒づく。

《戦乙女《いくさおとめ》の戦翼《せんよく》》というスキルを手に入れたルミナ、そしてストームグリフォンへと進化したセイランは、エアロワイバーンの機動力に劣《おと》ることはない。特にセイランの場合、重武装の俺を乗せていても尚《なお》、奴《やつ》らよりも高い機動力を保持していた。

問題は、安定性はあるものの機動力には欠けるペガサス――緋真の騎獣の方だ。

ペガサスだけで飛んでいればまだマシだっただろうが、緋真とアリスの二人乗りの状態では流石《さすが》に厳しいと言わざるを得ない。今はルミナが魔法によって牽制しているおかげで何とかなっているが、このままではあいつらを地面に叩き落すこともままならないだろう。

「このままではジリ貧《ひん》か……ならば」

手綱を引いてセイランを誘導《ゆうどう》し、俺は緋真のペガサスの横に付ける。

とりあえず、現状では緋真は機動力を発揮できない状況だ。であれば、まずはその問題を解決してやるしかあるまい。

「アリス、こっちに移れ！」

「はっ⁉　ちょっと、本気で言ってる⁉」

「今のままじゃ勝てん、さっさと来い！」

「っ……ああもう、分かったわよ！」

普段冷静なアリスでも、流石にこの高度での無茶《むちゃ》な行動はプレッシャーがあったようだ。しかし、今はそれに構っている余裕《よゆう》はない。今はこの状況を改善しなければ先に進まないのだ。

伸ばされたアリスの手を掴《つか》んで引っ張り上げ、抱《かか》えるようにしてセイランの上に乗せる。アリスの体重は元々軽い、この程度ならばセイランへの影響《えいきょう》はそこまで大きくはない。

「緋真、とりあえず回避を優先しろ。状況に応じて魔法を当てていけ」

「まあ、その位なら何とか行けると思いますけど……」

「気張れよ。ルミナ、お前もそろそろ自由に動け！　行くぞ！」

強く叫《さけ》び、散開する。それとほぼ同時、俺たちがいた場所を風の刃が貫《つらぬ》いていく。空中であれを喰《く》らっては、こちらが墜落させられてしまう。空中戦はこれが厄介なのだ。

「アリス、しっかりと捕《つか》まってろよ！」

「言われなくてもそうさせて貰うわ」

鞍《くら》についている取っ手にしがみついたアリスを確認《かくにん》し、セイランに合図を送る。俺の合図とともに全身に嵐を纏ったセイランは、一気に加速して旋回を開始する。

二体のエアロワイバーンのうち、一体に対して雷を飛ばして挑発《ちょうはつ》しつつ、引き離《はな》すように移動。まず、二体同時に相手をすることは避けたい。エアロワイバーンはスピードでこそセイランに及《およ》んでいないが、身体能力だけで見れば奴らの方が上だ。

「《練命剣》――【命輝一陣《めいきいちじん》】」

セイランの旋回を利用し、生命力の刃を撃ち放つ。だが、エアロワイバーンはその翼を羽ばたかせて身を翻し、俺の一撃を見事に回避してみせた。

やはり、機動性も高い。適当な遠距離攻撃《えんきょりこうげき》では当てることは難しいだろう。

だが――

「【ライトバースト】！」

片腕《かたうで》を伸ばしたアリスが、光属性の魔法を発動する。

眩《まばゆ》い閃光《せんこう》が迸《ほとばし》り、エアロワイバーンの身を光で包み込《こ》む。まだレベルは低い光属性の魔法だが、相手の視界を奪《うば》うという意味では十分だ。

その瞬間を狙《ねら》い、セイランは後方へと風を噴出《ふんしゅつ》させて加速する。沈《しず》み込むように下降しつつ、そのまま宙返りするように上空へ――下方より野太刀の刃で斬り上げる。

「《練命剣》――【命輝閃】」

眩く輝《かがや》く刃で、エアロワイバーンの翼を斬りつける。だが、それを断つには至らず。流石に、不安定な体勢からでは十分な威力《いりょく》を発揮することはできないか。

相手が振り返り反撃《はんげき》しようとしてくるが、それよりも早くセイランは上空へと舞い上がっている。当然、奴もそれを追ってこちらへと向かってくるが――

「《奪命剣》――【咆風呪《ほうふうじゅ》】」

一閃《いっせん》によって繰り出した黒い風が、エアロワイバーンの体を包み込む。上から撃ち降ろすこの状況ならば、容易には回避できないだろう。

先ほど《練命剣《けん》》で削《けず》れたHPを回復しつつエアロワイバーンの様子を観察するが、それほど大きくは体力を削れた様子はない。やはり、急所に刃《やいば》を当てねば有効なダメージは与《あた》えられないか。

「……盲目《もうもく》の異常がかかった様子はないわね。異常耐性《たいせい》も高いのかしら」

「ま、仮にもドラゴンだからな……矢はどうだ？」

「私の攻撃力じゃ、あの防御力《ぼうぎょりょく》相手には刺《さ》さらないと思うわよ」

半ば予想はしていた回答に、軽く肩《かた》を竦《すく》める。

アリスの弓の攻撃力はまだまだ低い。スキルレベルが高くない以上はそれも仕方のないことであるが、もう少し何かしらの手札が欲しいところだ。

とはいえ、今現在のところ、もう一体は緋真とルミナで引き付けて時間を稼いでくれている。緋真のペガサスも、アリスを退《ど》かしたことである程度早く動けるようになったのか、エアロワイバーンによる追撃《ついげき》をなんとか躱《かわ》すことができている。あの様子であれば、ある程度は時間を稼ぐことが可能だろう。

「さてと……しかしどうしたもんかね」

一体を引き離すことには成功したが、やはり有効打を与えるのが難しい。特に、魔法攻撃力《まほうこうげきりょく》には秀でていない俺たちでは、奴の防御力の上からダメージを与えることは難しいだろう。こいつらを地面に向けて叩き落すにはもう少し何かしらの手札が必要になる。果たしてどうしたものかと頭を悩《なや》ませていた、ちょうどその時。離れた場所から波紋《はもん》のように広がった光が、俺たちの体を包み込んだ。

「これは……！」

「《戦乙女の加護》か。ルミナめ、自分の意志で使うとはな」

くつくつと笑いながら、俺は改めてエアロワイバーンの姿を睥睨する。このおかげで、攻撃力はかなり上昇したはずだ。であれば──

「セイラン、突撃《とつげき》しろ」

「クアアアアアアアアアッ！」

嵐の暴風を纏い、セイランが正面から突進《とっしん》する。それを目にして、エアロワイバーンは待ち構える形で魔力《まりょく》を昂らせた。

口の部分に集中する魔力——あれは間違いなく、ブレス攻撃の予兆だ。嵐を纏うセイランとはいえ、正面からブレスを受ければ押《お》し返されかねない。

エアロワイバーンは大きく仰け反るように息を吸い——その魔力を、一気に解放した。

そしてその瞬間、セイランは翼を畳《たた》み、下へと落下するように降下する。

「《蒐魂剣》——【因果応報】」

そして、手綱を放しながら野太刀を八相の構えへ。エアロワイバーンの放ってきているブレスの中へ刀身を突《つ》っ込むようにしながら、足だけで体を支えつつ前へと進む。

直撃《ちょくげき》を避けたことに気づいたエアロワイバーンは、ブレスの向きを変えるために顔を下に向けようとする。俺《おれ》はそれに合わせてセイランに指示を出そうとしたが、それよりも先にアリスが動いた。

「【ライトバースト】！」

アリスが発動させた光が、エアロワイバーンの視界を塞ぐ。例によって状態異常にはかからなかったが、視界を塞ぐには十分だった。エアロワイバーンの動きが止まり、俺たちはブレスの下を掻《か》い潜るようにしながら相手へと向けて肉薄《にくはく》する。

「《練命剣》——【命輝閃】！」

「グ、ガアアアアアアアッ!?」

エアロワイバーンのブレスを吸収して風を纏い始めた野太刀へ、生命力を更に纏わせる。

ブレスの威力は、通常の《蒐魂剣》では消し切れないほどの強力なものだ。それを加えた上での【命輝閃】は、エアロワイバーンの翼に食い込み――その骨を、半ば以上断ち斬《き》った。完全に翼を断ち切るには至らなかったが、ワイバーンの翼は自らの体重に耐《た》え切れず、骨が折れて地面へと墜落してゆく。

「ふむ、流石にいい威力だな」

「風のブレスだからいいけど、炎《ほのお》だったら死ぬわよこれ」

「流石に状況は読むさ。さて、向こうの加勢に行くか」

緋真とルミナはエアロワイバーンにダメージを与えているが、まだ堕とせてはいない。

一方で、俺が今墜落させた方は、翼の骨を半ばまで断ち斬っている状況だ。あいつは魔《ま》法《ほう》で攻撃してくることがあったとしても、これ以上飛ぶことはできないだろう。

であれば、もう一体をさっさと叩き落してやるまでだ。

「アリス、下の方のやつの監視《かんし》を頼《たの》む。魔法で狙撃《そげき》されると厄介だからな」

「了解《りょうかい》……攻撃に当たらないでよ?」

「誰《だれ》に言ってる。さ、行くとするか」

セイランに合図を送り、空を駆ける。

こいつを倒せば、恐《おそ》らくスキルレベルも溜《た》まるだろう。油断はせずに、最後まで詰《つ》めていくこととしよう。

第三十章 新たなるテクニック

『《格闘《かくとう》》のスキルレベルが上昇しました』
『《強化魔法》のスキルレベルが上昇しました』
『【ダマスカスエッジ】の呪文《じゅもん》を習得しました』
『【ダマスカススキン】の呪文を習得しました』
『《降霊魔《こうれいま》法《ほう》》のスキルレベルが上昇しました』
『《死点撃ち》のスキルレベルが上昇しました』
『《奪命剣《だつめいけん》》のスキルレベルが上昇しました』
『【命喰牙《めいくうが》】のテクニックを習得しました』
『《練命剣》のスキルレベルが上昇しました』
『【命双刃《めいそうじん》】のテクニックを習得しました』
『《蒐魂剣》のスキルレベルが上昇しました』
『【護法壁《ごほうへき》】のテクニックを習得しました』

『《インファイト》のスキルレベルが上昇しました』
『《回復適性》のスキルレベルが上昇しました』
『《戦闘技能《せんとう》》のスキルレベルが上昇しました』

さて、墜落したエアロワイバーンたちを片付けたところで、予想通り様々なスキルのレベルが上昇する。そして、それと共に複数のテクニックが解放される。これで目標は達成できたわけだが、まずは効果を確かめなければならないだろう。

と――その前に。

「《インファイト》はスキル進化するのか……次のスキルは《エンゲージ》か」

このまま置いておく理由も無いため、さっさとスキルを進化させる。

どうやら、基本的なスキルの効果は《インファイト》のころと変わらないらしい。しかし、《エンゲージ》の場合はこの効果が複数の敵に対して適応されるようだ。

これまでは一体の相手に一定時間接近している時にのみ効果があったが、これは敵集団の中に入り込んでいれば効果がリセットされることはない。前よりも使い勝手が増しているということだろう。

「さてと……まずは魔法か」

《強化魔法》に追加された新たな魔法、【ダマスカスエッジ】と【ダマスカススキン】。

名前については特に気にすることではない。ダマスカス鋼について詳《くわ》しいわけではないが、ニュアンスは十分伝わっている。問題は効果だが――まあ予想通り、【スチールエッジ】と【スチールスキン】の正当な上位互換《ごかん》といった所だ。

効果が純粋《じゅんすい》に上がっているだけであれば、特に考える必要もない。純粋に攻撃力《こうげきりょく》と防御力が上がった程度であると考えておけばいいだろう。

「で、問題のテクニックか」

《練命剣》の【命双刃】、《奪命剣》の【命喰牙】、《蒐魂剣》の【護法壁】。このうち、名前を聞いたことがあるのは、オークスが使ってみせた【命双刃】だけである。

あの時は確か、生命力を利用して二振り目の刃を作り出していたのだったか。さて、果たしてどのような形で発動するのか――まずは試《ため》してみるとしよう。

「《練命剣》――【命双刃】」

右手に餓狼丸《がろうまる》を握ったまま、【命双刃】を発動する。

瞬間、左手が黄金の輝きに包まれ――それを握り締《し》めると共に、半透明《はんとうめい》な黄金の刃が伸《の》びた。

「ほう……？　成程、こうなるのか」

あの時はオークスの使ったものを見ていただけなので、あまりイメージができていなかったのだが、どうやら中々に面白《おもしろ》い性能をしているようだ。

まず、左手に生み出される刃は、右手に握っていた武器の形が反映されるらしい。オークスが使っていたそれは長剣《ちょうけん》の形状をしていたが、俺が今発動させたものは餓狼丸をそのまま写し取ったかのような形状となっている。

そして、この刃に重さは殆《ほと》ど無い。握っている実感はあるが、まるで木の枝か何かのような軽さだ。この重さでは、刀の重さを利用した攻撃はできないだろう。まあ、オークスも防御《ぼうぎょ》用に使っていた様子であるし、こちらも不意《ふい》討ちの手段程度に考えておいた方が良いだろう。

「で、次は【命喰牙】か」

ここからは、オークスも使っていなかったテクニックだ。

システムウィンドウからテクニックの説明を見れば、どうやら【命双刃】と同じく、もう一つ武器を作り上げるものであるようだ。しかし、こちらの武器形状は短剣に限定されているらしく、尚且《なおか》つ普通《ふつう》に武器として扱《あつか》うものではないらしい。

説明によれば、このテクニックによって生み出した刃は、それを突き刺した相手からHPを吸い続ける性質を持っているのだそうだ。

「一度突き刺しておけば、こちらはHPを回復し続けられるというわけか……《奪命剣》、

【命喰牙】」

発動と共に、先程《さきほど》と同じように左手を黒いオーラが包み込む。それを握り締めれば、一《ひと》振《ふ》りの黒い刃が手の中に現れた。

アリスの持つネメの闇刃《あんじん》にも似た、黒い刃。しかし、その刃は【命双刃】と同じく半透明で、更に黒い靄のようなものに包まれている。サイズとしてはそれほど大きくはないが、突き刺して利用するには十分だろう。

「ふむ……どんなもんかね」

とりあえず、まだ素材を回収していないエアロワイバーンの死体へと近づき、その胴に【命喰牙】を突き立ててみた。すると、まだ鱗が残っているにもかかわらず、それを貫いてあっさりと刃が突き刺さった。

思わず驚《おどろ》いて刃を引き抜《ぬ》くと、突き刺した場所には傷一つ残っていなかった。どうやらこの刃には物理的な攻撃力は無いようだ。

「また随分《ずいぶん》と、面白い性能だな」

軽く、切っ先に指先を当ててみる。すると、殆ど感触《かんしょく》も無く切っ先が指に突き刺さった。しかし、やはり傷がつくような様子もなく、痛みもない。この刃自体で攻撃《こうげき》することはできないのだろう。

「良く分からん性能だが……ふむ、とりあえず突き刺しておけば得ということか」

刺しておけば相手の体力を吸い続けられるのだ。その量がどれほどなのかは分からないが、餓狼丸の吸収のような効果となるのだろう。

どの程度の吸収効果になるのかは分からないが、HP回復の手段が増えるのはいいことだ。伯爵《はくしやく》級の悪魔《あくま》を相手にしても、より粘《ねば》り強《づよ》く戦うことが可能となるだろう。

尤も、この刃を相手に除去されないかどうかは気になるところであるが。

「で、後は【護法壁】か……」

剣技なのに壁とはこれいかに。詳細《しょうさい》を確認してみれば、どうやらその名の通り、防御のために利用するテクニックであるようだ。まあ、《蒐魂剣》自体が元から防御に利用しているスキルであるため、その辺りの意識についてはそれほど変わらないのだが。

ともあれ、このテクニックの効果であるが……地面に武器を当てることで、その前方に魔法を防ぎ吸収する防壁《ぼうへき》を展開するものとなっているようだ。

このテクニックの場合、一閃だけで効果が終わるこれまでの《蒐魂剣》の効果とは違《ちが》い、武器を地面から離すまで続くようだ。更に、防御効果は武器の威力《いりょく》依存《いそん》で変わるようだが、普通に《蒐魂剣》を使用するよりも防御性能は高いらしい。

「ふむ……純粋に防ぐ目的としては使えるか」

とはいえ、このテクニックを使用する際は足を止めなければならない。波状攻撃で回避《かいひ》が難しい時に使う程度だろう。

逆に言えば、そういった時の対処手段ができたことは大きい。どうにも、広範囲《こうはんい》に広がるような魔法は出どころを潰《つぶ》す以外の対処手段が無かったからな。

とりあえず、物は試しにとテクニックを発動させてみる。餓狼丸の切っ先を地面へと突き立てた瞬間、その前方に蒼く輝く壁が発生した。

「《蒐魂剣》――【護法壁】」

壁の大きさは、ちょうど俺一人が隠《かく》れる程度で、複数人を護《まも》るような効果は無いようだ。だが発生も早く、魔法が来た時に咄嗟《とっさ》に発動することは可能だろう。

どの程度なのか、確かめたいところだが――

「っと……おい緋真《ひさな》、それは新しい魔法か？」

「あ、はい先生、【ファイアジャベリン】です」

ジャベリンの名の通り、緋真の右手には炎の投槍《なげやり》が握《にぎ》られている。

槍のような形状で飛ぶ魔法として、既《すで》に【フレイムランス】があったはずだが……果たして、どのような差別化がされているのか。互《たが》いの性能を知るのにも、これはちょうどいい機会だろう。

「よし、緋真。その魔法を試しにこっちに撃ってみろ」

「え、いいんですか？」

「ああ、こっちは《蒐魂剣》のテクニックを使っているからな。遠慮《えんりょ》なく撃ってこい」

「そういうことなら……行きますよ！」

俺の言葉を了承《りょうしょう》した緋真は、手に持つ炎の槍を振《ふ》りかぶって投擲《とうてき》した。瞬間、柄尻《つかじり》側から火を噴《ふ》き出した炎の槍は、凄《すさ》まじい速さで【護法壁】に突き刺さり――衝撃《しょうげき》を伴《ともな》って爆《ばく》発《はっ》する。だが、俺の展開していた【護法壁】は、それによって発した爆炎と衝撃、その全てを完全にシャットアウトしていた。

どうやら、【ファイアジャベリン】は弾速が速く、そして着弾と同時に爆発する性質があるらしい。槍という形状から考えて、恐らく突き刺さるとともに爆発するようになっているのだろう。

そう考えると、中々に凶悪《きょうあく》な魔法だ。だが――

「……成程、緋真の魔法を難なく防げるなら、十分な防御力になりそうだな」

「何だか、《蒐魂剣》にしては便利なテクニックですね」

「【奪魂斬】だって十分便利なんだがな」

まあ、流石に【因果応報】についてはピーキーな性能であると言わざるを得ないが。

だが何にせよ、ある程度使い勝手のいいテクニックを手に入れることはできた。伯爵級相手にどこまで有効であるかは分からないが、【命喰牙】辺りは便利に使えるはずだ。

「とりあえず、性能については理解した。そろそろいい時間だし、帰還《きかん》するとするか」

「もういいんですか？　時間的には若干《じゃっかん》の余裕がありそうですけど」

「戦闘前の準備もあるからな。エレノアには連絡《れんらく》を入れてあるし、アイテムの類はもう準備されているだろうが」

ちらりと、ルミナの方へ視線を向ける。

セイランの首を撫《な》でているあいつは、まだ進化によって得た力を完全に操れているとは言えない。あいつのためにも、多少は用意してやらねばならないだろう。

そのためにも、さっさと戻《もど》って渡《わた》すものを渡さねばならない。やれることはまだまだあるのだから。

第三十一章　商会への帰還

「へぇ、これを出す魔物《まもの》がそんな大量にねぇ」

「ああ。牧羊犬と羊の魔物だったな。無駄《むだ》に数が多くて苦労したが」

アイラムの街に帰還した俺たちは、早速《さっそく》商売拠点《きょてん》を手に入れていたエレノアに戦利品を提示した。やはり、メインとなるのはランドシープの毛である。糸素材は即《すなわ》ち布の素材であり、布系装備の職人にとっては重要な品なのだ。

案の定、商会内は俺たちの持ち込んだアイテムで大いに盛り上がっている。『エレノア商会』には、ものづくりへ情熱を傾《かたむ》けているプレイヤーたちが多数集まっているため、最前線の素材は垂涎《すいぜん》の的なのだ。

「話に聞く限り戦い辛《づら》そうな相手だけど……そのブラックハウンドをテイムできればランドシープまで操れる可能性もあるわね……クオン、やらない？」

「そんな時間があると思うか？」

「分かってる、冗談《じょうだん》よ。それで、これで装備を作ればいいのよね？」

「ああ、できれば明日の十時ぐらいには欲《ほ》しいが」

「リアル時間でしょうけど、流石にそれは無理よ。武器の類の強化までなら何とかなるでしょうけど、新しい装備の作成は時間がかかるんだから」

俺の要請《ようせい》に対し、エレノアは呆《あき》れを交えた嘆息《たんそく》を零《こぼ》しつつ、そう口にする。

まあ、元よりそこまで期待していたわけではなかったのだが、やはり無理だったか。

「糸紡《いとつむ》ぎをしてから布を作成、作った布の性質評価から、染めと加工……これらの体勢を整えるのにも時間がかかるわ。貴方《あなた》たちの装備の場合、大量生産品ではなくオーダーメイドだけど……それでも、明後日までは見て欲しいわね」

「そうか……残念だが、仕方あるまい」

エレノアたちにしても、この国に来て拠点を得たばかりなのだ。生産活動の準備もまだ万全《ばんぜん》であるとは言い難《にく》いだろうし、無理を通すこともできん。

さりとて、こちらも悪魔への襲撃《しゅうげき》を遅《おく》らせることはできないし、今回は防具の新調を見送るしかないだろう。まあ、元より相手の攻撃は受けない前提であるし、きちんと回避なり受け流すなりしておけばいい。

「とりあえず、新しい金属素材は無いし、貴方の刀についてはまだ強化できないわ。その代わり……」

「ああ、緋真とアリスの成長武器だろう？　あれならもうフィノが掻っ攫《さら》って行ったぞ」

「でしょうね。成長武器の強化はあの子に任せておけばいいわ」

とりあえず、緋真の紅蓮舞姫《ぐれんまいひめ》と、アリスのネメの闇刃は、どちらも経験値が溜まり切った状態となっていた。

これで★4にはなっただろうし、晴れて餓狼丸のレベルに並んだわけだ。紅蓮舞姫の場合は新たなスキルが解放される可能性が高いし、戦力の強化としては十分だろう。

俺自身の装備については少々残念だが……魔法は強化されているし、威力面の上昇《じょうしょう》は既に達成できている。

となると、他にできることと言えば――

「で……ルミナ、どちらにするか決めたか？」

「はい、お父様」

武器コーナーの長物の場所を見回していたルミナが、俺の声に振り返って戻ってくる。

その手にあるのは槍と薙刀《なぎなた》。《槍》のスキルを手に入れたルミナは、これらを扱うことができるようになっているはずだ。

テイムモンスターの仕様上、スキルを手に入れた時点で基本的な扱い方《かた》はできるようになっている。事実、先ほど構えていた様子から、最低限武器として扱う程度の知識があることは判明した。

であれば、後は応用的な部分になるのだが……俺たちは槍を使わんし、普段《ふだん》見せて覚えさせるというわけにもいかないか。まあ、一応多少は考えがあるし、そこは後で何とかするとして――問題は、槍と薙刀のどちらを利用するかということだ。

武器の性質はどちらも異なるが、スキル自体は統一されている。スキル進化で派生することになるだろうが、まずはどちらを使うのかを決めなくてはならないだろう。

「お父様、久遠神通流《くどうじんつう》では、薙刀を使う術理もあるのですよね？」

「ああ。だが、俺も緋真も専門にはしていないぞ？」

「ですが、師範代《しはんだい》の方なら教えて頂けるかと思っています。だから、私は薙刀を選びたいです」

「ふむ……成程《なるほど》、いいだろう」

実際、どちらを選んでもある程度にしか教えることはできないし、それはそれで仕方ない。タイミングさえあれば、後でユキに使い方を教えさせることとしよう。

それならば――

「エレノア、コイツを使って薙刀の製作を頼みたい」

「これって……カイザーレーヴェの素材？　確かに貴方たちなら余らせているでしょうけ

ど……」

俺がインベントリから取り出したアイテム、『覇獅子の剣牙《はじしのけんが》』を目にして、エレノアは呆れた表情で呟《つぶや》く。

ベーディンジアにいた頃《ころ》、レベル上げ目的で一日一回戦っていた覇獅子カイザーレーヴェ。その素材は、まだ大量に余らせている状態だ。せっかくの強力な魔物の素材、余らせておくのも勿体《もったい》ないだろう。

「柄《つか》の部分には骨とかがあるし、まあ作ってみてくれ。魔物素材での武器製造も《鍛冶《かじ》》系のスキルでいいんだろ？」

「ええ、まあ。了解、フィノに預けておくけど……注文は無いの？」

「ルミナの身長に合わせてくれ。重心は……そうだな、コイツと同じでいい」

売り物の中にあった、フィノ製作の薙刀。完璧《かんぺき》とは言わないが、この薙刀ならば及第点《きゅうだいてん》だろう。流石に、本当の本職ではないフィノに完璧を求めるような真似《まね》はしない。とりあえず、これと同じ程度のバランスであれば十分扱えるはずだ。

「後は、たんぽ槍……いや、薙刀と同じ形状の木刀があれば頼む」

「まあ、それ位ならすぐ作れるけど……何、練習でもするの？」

「そういうことだな」

「それでしたら、わたくしにも見せて下さいますか!?」

と、ランドシープの毛に群がっていた一人である伊織《いおり》が、こちらの会話に反応して顔を上げる。毛の性質についても気になるが、どうやらこちらの方に軍配が上がったようだ。

まあ別段、手取り足取り教えるというわけではないのだが。

エレノアが近くにいた木工職人に木刀の作成を指示する中、俺はルミナたちを連れ立って店の外に出る。

「さてと……ルミナ。これから軽く、俺と緋真で模擬《もぎ》戦を行う」

「げっ……先生が薙刀使うんですか？」

「お前は薙刀術は学んでないだろうが。それとも、お前も薙刀を使うか？」

「いやいや、慣れてない武器を使うぐらいなら刀を使いますよ」

首を振る緋真の様子に、軽く肩を竦める。まあ、妥当《だとう》な判断だろう。たとえ不利な武器であったとしても、使い慣れている刀の方が上手《うま》く戦えるはずだ。

緋真はあらかじめ持っていた木刀を取り出し、広いところまで移動する。『エレノア商会』からも観戦者――というか野次馬《やじうま》たちが出てきているが、中央広場付近であるためスペースには事欠かない。

あまり人が集まりすぎるような状況《じようきよう》にはなってほしくないが……まあ、仕方が無いか。

木工職人が速攻《そっこう》で仕上げたらしい木の薙刀を受け取りつつ、それを肩で担《かつ》ぎながら決闘《けっとう》モードを起動する。

「さてと……準備はいいか、緋真」

「スキルが乗ってないから威力は大したことないと思いますけど……お手柔《てやわ》らかにお願いします」

「まあ、見せるためのものだからな。速すぎないようにはするさ。ルミナ、お前はよく見ておけよ」

「はい、よろしくお願いします、お父様」

今回はあくまでも、ルミナに見せるための演武のようなものだ。あまり速くしすぎて、本気の戦いになってしまっても仕方がない。今回はそこそこのところで戦いを終えることとしよう。

薙刀を脇構《わきがま》えに、重心を低く構え――決闘の開始と共に足を踏《ふ》み出した。

斬法――薙刀術、輪旋《りんせん》・足削《あしそぎ》。

大きく、遠心力を利用した一閃。膝《ひざ》に防具が無ければ片足を切断するほどの威力を有するこの一閃に対し、緋真は跳躍《ちょうやく》することで回避した。胴《どう》を狙った一撃《いちげき》であれば流水・浮羽《うきは》で対処できただろうが、足では対処が難しく、回避を選択《せんたく》したのだろう。

「――ッ！」

着地と共に、突きを狙ってくる緋真。

だがそれよりも早く、俺は己《おのれ》の胴で回転させるような形で薙刀を正面に構え直した。ペン回しのようだと冗談めかして言われたことはあるが、確かにこの大きさの武器が張り付いて回転するのは冗談のような光景だ。

そして、武器を構え直したからには続けて攻撃をさせて貰《もら》うとしよう。

斬法――薙刀術、婉突《えんとつ》。

腕《うで》を捻《ひね》り、柄をたわめながら突き出す一撃。不規則に揺《ゆ》れるその一撃は、受け流しや回避が非常に難しい。

その上リーチがあるため、緋真の一撃がこちらに届く前にこちらの攻撃が届く。

「ホントに、嫌《いや》な業ですよねそれ！」

しかし、緋真は月輪《がちりん》の要領で刃を捻り、一閃で跳《は》ね上げるように弾《はじ》く。

大きく跳ね上げられた薙刀であるが、俺は手首のスナップで柄を引き、手元に戻す。そして、緋真が反撃に放ってきた一閃を、立てた柄で受け止めながら柄尻を上げて流し落とした。

斬法――薙刀術、流水《りゅうすい》・柄滝《つかだき》。

柄に流すような形で、緋真の一閃を巻き取りながら地面へと落とす。それと共に、俺は薙刀の刃に当たる部分の背を蹴《け》りながら前へと踏み出した。

斬法――薙刀術、鐘楼《しょうろう》・半月《はんげつ》。

「ッ……！」

振り上げたその一閃は、緋真の鳩尾《みぞおち》に突き刺さりかけた瞬間《しゅんかん》に停止する。寸止めで、今の一撃を停止させたのだ。

「……と、まあこんなところだ。ルミナ、分かったか？」

「は、はい……もう少し見せて頂けると」

「ああ、どうせ今日はもうログアウトだからな。しばらくは問題ないさ」

軽く肩を竦め、最初の立ち位置に戻る。もう数戦程度であれば時間もあるだろう。小さく笑《え》みを浮《う》かべ、俺は再びうんざりとした様子の緋真と対峙《たいじ》したのだった。

第三十二章　盾の騎士

翌日――午前中の稽古《けいこ》を終えた俺は、幸穂《さちほ》にルミナの進化について説明を行っていた。

尤《もっと》も、そもそもこいつはテイムモンスターの進化についても良く分かっていなかったようだが。とりあえず、進化したら薙刀を扱えるようになったことと、とりあえずの基本程度は教えたことは説明した。

「つまり……私もお兄様のいる場所に行き、その子に稽古をつければよろしいのでしょうか？」

「違う、そこまで急ぐ必要もない。たしかに、あいつには薙刀術を教えてやりたいところだが……」

師範代たちの実力は認めているが、いかんせんまだレベルが足りない。今の状態では、悪魔共に有効なダメージは与えられないだろう。

それに――

「お前らは連邦《れんぽう》に行ったんだろう？　こちらに来るなら、そっちを片付けてからにしろ」

「むぅ……分かりました。早急《さっきゅう》に悪魔を片付けるようにします」
気合を入れた様子で拳《こぶし》を握る幸穂に、俺は軽く嘆息を零す。
今更《いまさら》ながら、こいつらを野放しにしているのは少々不安が残る状況だ。一見まともそう
に見えるが、師範代たちはどいつもこいつもどこかズレている。斬っていい相手と見れば
即座《そくざ》に行動を起こしかねないし、果たして放置して大丈夫《だいじょうぶ》なのか。
「……お兄様？」
「ん、どうした？」
「いえ、何だかお兄様には言われたくないようなことを言われていた気が」
「気のせいだ気のせい」
こいつといい修蔵といい、妙《みょう》に獣《けもの》じみた勘《かん》を働かせるところがあるからな。そういうと
ころは素直《すなお》にやり辛いと思う。
ともあれ、こいつらは連邦の攻略《こうりゃく》に注力して貰いたいところだ。あちらが第二陣《じん》向けの
狩場《かりば》である以上、俺には手の出しようがない。アルトリウスの場合は引き入れた第二陣の
プレイヤーでも向かわせているのだろうが……いや、そういう意味では俺も同じことをし
ているのか。
とにかく、最前線に出て来られるだけの力がない以上は、できることに集中して貰うべ

きだろう。

「とにかく、ルミナのことはこっちに来られるようになってからでいい。今はそっちを片付けろ」

「承知しました。と――」

玄関《げんかん》横の廊下《ろうか》に差し掛《か》かり、よく見知った姿が目に入る。どうやら、蓮司《れんじ》が誰かと話をしているようだが、相手は見覚えのない人物だ。

多少体格はいいが、特に大きな特徴《とくちょう》はない、紺色《こんいろ》のスーツ姿の男性。どうやら多少鍛《きた》えてはいるらしいが、特段武術を学んでいる様子はない。

「ふむ……幸穂、あれは誰だ？」

「ああ、私たちは例の配信者の子たちと行動を共にしているでしょう？　彼女《かのじょ》たちのマネージャーだそうですよ」

「ほう、マネージャーねぇ……わざわざここに顔を出しに来たのか？」

「話なら電話でも、それこそゲームの中でもできますけど、こういうことはきちんと話をしたいんだとか」

「へぇ、律儀《りちぎ》な連中だな」

配信者という連中がどのような仕事をしているのかはよく分からんのだが、きちんと整理して動く点は好印象だ。

それにマネージャーだというあの男であるが、中々面白そうな気配をしている。

打算はあるが、ギラギラとした欲望は感じない。そして、こちらに対する気遣《きづか》いもあるようだ。直接顔を合わせて会合するなど、義理堅《ぎりがた》い点もある。ビジネスパートナーとしては信頼《しんらい》できる類だろう。

「ふむ……まあ、こちらにも利があるなら止める理由もないさ。好きに進めてくれ」

「承知しました。お兄様、今日のご予定は？」

「悪魔を斬る、それだけだ……いつもと変わらんさ」

小さく笑い、そう口にする。ただし、戦うのはただの悪魔ではない。街一つを支配した、伯爵級悪魔だ。俺から滲《にじ》み出る戦意を感じ取ったのか、幸穂は息を呑《の》み――そして、小さく笑みを浮かべて一礼したのだった。

＊　＊　＊　＊　＊

アイラムの街でログインし、早速『エレノア商会』の支店へと向かう。

同じ家からログインできるようになったおかげで、合流はかなりスムーズなものだ。おかげで、余計な待ち時間も発生せず、俺《おれ》たちはさっさと『エレノア商会』に辿《たど》り着けた。

いつも通り顔パスでエレノアの居室まで移動し――あまり見慣れぬ姿のプレイヤーを発見し、目を瞬《またた》かせた。

「こんにちは、待ってたわよ」

「おう、注文の品を受け取りたいが……その前に、そこの二人はどうした？」

「一応、知ってるでしょう？　『キャメロット』の部隊長である、高玉《たかだま》とパルジファルよ」

エレノアの部屋にいたのは、一応見覚えのある騎士たちだ。

ヴェルンリードとの戦いでも世話になった弓使いである高玉、そして直接の会話をしたことはないが、ヴェルンリード相手に一歩も退かずに囮《おとり》を務めてみせた女騎士――彼女がパルジファルであるらしい。

「初めまして、クオン殿《どの》。私はパルジファルと申します」

「クオンだ。アルトリウスには世話になっている」

「いえ、こちらこそ。貴方のご活躍《かつやく》は、我々『キャメロット』の内部にも響《ひび》き渡っております」

その言葉は果たして額面通りに受け止めていいものか。胸中では苦笑《くしょう》しつつもそれは表には出さず、彼女の姿を観察する。

鈍色《にびいろ》のセミロングの髪《かみ》と、全身を覆《おお》う鎧《よろい》。そして、背負っているのはタワーシールドか。

以前戦っている姿を目にしたが、やはり防御部隊の隊長ということらしい。

ヴェルンリードとの戦いからも、その実力は疑うべくもない。間違《まちが》いなく、伯爵級と戦える存在であるだろう。

「ところで、お前さんらが来たのは、アルトリウスからの指示だろう？」

「ええ、足りない人手を補え、と。団長は、現在南東の攻略にかかっておりますので」

「……あちらはダンジョンだ。あちらでの戦闘に向かない僕《ぼく》らをこちらに割《さ》いた形になる」

「ダンジョンだろうと、壁役は役に立てそうな気がするんだがな……」

たとえ狭《せま》いダンジョン内であったとしても、敵を引き付け攻撃を防ぐパルジファルの仕事はある筈《はず》だ。それなのにこちらに送ってきたということは、何かしらアルトリウスの思《おも》惑《わく》があると考えた方が良いだろう。まあ大方、内部にいる現地人たちの護衛であろうが。

「まあ確かに、人手が足りなかったのは事実だ。正直なところ、現地人の扱いについては困っていたからな」

現地の人々がいる状況は、流石《さすが》に動きづらい。

アリスが見たところ、人々がいる場所は何ヶ所かに固まっているため、そこさえ押《お》さえられれば問題はないのだが……それをするには人手が足りないと感じていたところだった。

そういう意味では、このアルトリウスからの救援《きゅうえん》は渡りに船なのだが――

「来たのはお前さんたちだけ、ってことでいいのか？」

「いえ、我々の部隊のメンバーも来ています。それと……」

「……もう一部隊、騎兵《きへい》部隊も共に。ただ、あいつはじっとしているのが苦手なので……」

「そうかい。まあ、後で顔を合わせることになるだろ」

確かに、ダンジョン内では騎兵も上手く動きづらいだろう。そういう意味では、中々に難儀《なんぎ》な部隊である。そもそも、ベーディンジアの騎獣《きじゅう》牧場に到達して以降発足した部隊であろうし、他と比べれば経験が浅いのは仕方のないことだが。

「で、エレノア。お前さんらは――」

「行かないわよ。こちとら、新しい国に入ってきたばかりで補給線の確保もそこそこってところなんだから。物資面での支援《しえん》はできても、それ以上は手が回らないわ」

「ま、そうだろうな。物資だけでもありがたいもんさ」

エレノアの言葉に笑みを返し、俺は視線を彼女の横へと移した。

そこに置かれていたのは、一本の薙刀。若干刃《じゃっかんやいば》の部分が太く、偃月刀《えんげつ》のように見えなくもないが、十分に薙刀として扱える部類であろう。

手に持ってみれば、見た目ほどには重くはない。だが、軽すぎることも無く重心のバランスも問題ない出来だった。全体的に白く染まっているが、刃《やいば》の根元には黄金の毛が――

覇獅子の鬣《たてがみ》が装飾《そうしょく》された、見た目にも優《すぐ》れた逸品《いっぴん》だ。

■《武器：槍》覇獅子の薙刀
攻撃力：47（＋10）
重量：19
耐久度《たいきゅう》：１４０％
付与《ふよ》効果：攻撃力上昇《こうげきりょくじょうしょう》（中）　耐久力上昇《たいきゅうりょくじょうしょう》（中）
製作者：フィノ

「ふむ……流石はフィノだな。いい出来だ」

「ええ、あの子も喜ぶと思うわ」

性能に関しても、全く問題はない。

魔物素材は数あれど、刀や薙刀にできるような大きさの牙《きば》や爪《つめ》などそうそう存在しない。他の素材で刀を作るのもアリかもしれないが……まあ、それについてはいいだろう。どうせ、今メインで扱っているのは成長武器だけなのだから。

「よし、ルミナ。使ってみろ」

「ありがとうございます、お父様」

まるで騎士が主君から剣《けん》を賜《たまわ》るように、ルミナは跪《ひざまず》いて俺から薙刀を受け取る。

薙刀のサイズはルミナに合わせているため、それを操《あやつ》るうえで柄の長さが邪魔《じゃま》になることも無い。薙刀を構えるその姿は、一朝一夕《いっちょういっせき》で身に着けたとは思えぬ程度には様になっていた。

やはり、テイムモンスターの成長とは興味深い。以前の、スプライトの頃の成長とは異なるが……今回は、進化と共に新たな技術を一気に習得したようだ。

「とりあえず、問題はなさそうだな。となると、問題は持ち運びだが」

「それでしたら大丈夫です。このように――」

言いつつルミナが腕を振ると、手の中にあった白い薙刀は忽然《こつぜん》と姿を消した。思いもよらぬ現象に俺が目を瞬かせていると、ルミナは再び腕を振り、再度薙刀を出現させてみせた。どうやら、今のルミナは自由に武器を出し入れできるようだ。

「今までは精霊刀《せいれい》のみしか装備していなかったので使う必要もありませんでしたが……こんなこともできるようです」

「成程な。まあ、便利になったのであれば問題はあるまい」

成長武器の強化については昨日のうちに終わっているし、やはり防具の開発自体はまだ間に合っていない。今日も伊織たちが急ピッチで進めているのだろうが、流石にこれからの作戦には間に合わないだろう。

まあ、それは仕方あるまい。できないことにいつまでもこだわっていたところで、何も解決しないのだから。

「よし、それじゃあさっさと出発するか」

「その前に。一つよろしいでしょうか、クオン殿」

「何か質問か？　簡単な話なら道中にしておきたいんだが」

「いえ……一手、お手合わせ願えませんでしょうか」

――思いがけぬ言葉に、俺は目を細めながら振り返る。

その言葉を発したパルジファルは、真剣《しんけん》な表情で俺の目を見つめていた。

第三十三章　騎士の矜持《きょうじ》

　盾の騎士パルジファル。

　最大規模のクラン『キャメロット』の幹部、数多《あまた》のプレイヤーたちを率いる隊長たちの一人。その戦いぶりは、以前のヴェルンリード戦でも目にしていた。

　ヴェルンリードを、そしてその分身を相手に崩《くず》されることなく耐《た》えきってみせたその実力は、部隊を含《ふく》めてまさに堅牢《けんろう》であると評するに相応《ふさわ》しい人物であろう。

　そんな彼女、堅《かた》い鎧を纏《まと》った女騎士は、今まさに俺の前で盾と槍を構えていた。対峙した彼女を見据《みす》え、ゆっくりと餓狼丸《がろうまる》を引き抜きながら、俺は彼女へと問いかける。

「一応聞いておきたいんだが……これはどういう意図の決闘だ？」

「……個人的な理由です。貴方の実力を疑っているわけではありません。あの伯爵級悪魔との戦いで、我々は貴方の戦いぶりを眼前で目撃《もくげき》していますから」

　ヴェルンリードとの戦いでは、俺もパルジファルも最前線で戦闘《せんとう》を行っていた。俺が彼女のことを見つけていたのだから、相手も俺のことを観察していたとしても全く不思議はない。

そして彼女自身、俺の実力はきちんと——と言うべきかどうかは分からないが、理解はしているらしい。その上でわざわざこのような場を設けたからには、何かしらの理由があるのだろうが——

「相っ変わらず頭固いなー、パルっちは！　部隊を納得《なっとく》させるための通過儀礼《ぎれい》だーって言えばいいのに」

「っ、ラミティーズ！」

と、そこで横から声を掛けてきたのは、浅黒い肌《はだ》にオレンジ色の髪という、中々に目立つ容姿の少女であった。軽装ながら纏っている鎧の意匠《いしょう》はパルジファルたちと同じ——即ち、『キャメロット』のメンバーだろう。

誰何《すいか》を込《こ》めた俺の視線に、彼女はおどけた様子で片手を上げ、敬礼のポーズを取りながら声を上げた。

「ちっす！　あたしはラミティーズ！　『キャメロット』騎兵部隊の隊長だよ！　シクヨロ！」

「ラミティーズ！　団長の盟友であるクオン殿に対して無礼ですよ！」

「パルっちは固すぎだってぇ。まあそこのトリも同じだけどさ、一緒《いっしょ》に戦うんだからもっとフレンドリーに行こうよ」

トリ、というのはどうやら高玉を指しているらしい。その辺りの理由は良く分からんが、とりあえずどのような人柄《ひとがら》であるかは把握《はあく》できた。

装備は槍、そして後ろに控《ひか》えているのはグリフォン。どうやら彼女は俺と同じく、グリフォンを騎獣として選んだようだ。

グリフォンに認められたということは、騎獣を抜《ぬ》きにしても相応の実力者であるということ。どうやら、部隊長の名に恥《は》じぬ能力を有しているようだ。

「ふむ……ま、態度については別段気にはせんさ。失礼という意味では、もっと失礼な連中を知ってるからな」

具体的には、数年前に戦場を共にしていた部隊の連中のことだが。海軍上がりの連中はどうにも、下品なスラングを混ぜないと会話ができないようだ。

それよりも、今気になることは、先程彼女《さきほどかのじょ》が口にした言葉の方だ。

「それで、通過儀礼ってのは何だ？」

「……『キャメロット』の部隊長は、試験によって決まります。指名制ではなく完全な実力主義で、それぞれの部隊ごとに決まった試験内容をこなすことで任命されるのです」

「防御《ぼうぎょ》部隊は全員でガチンコしてね、最後まで立ってた人が部隊長になるんだ。パルっちはそうして部隊長になったわけだけど……そのおかげか、集まってる人全員頭固くてねぇ。今回ダンジョンの攻略から外されてこっちに来たことを納得できてない人も一定数いるんだよねぇ」

軽い口調ながら、ラミティーズは簡潔にそう説明する。

盾役であり、戦場の生命線であることを自負している彼ら《かれ》としては、アルトリウスと共に戦えないことに納得できなかったわけか。故に、実力で黙《だま》らせてみろ、とパルジファルは言いたいらしい。

「別にさ、向こうもこっちも伯爵級《はくしやく》悪魔《あくま》がいることに変わりはないんだから、気にしなくてもいいのにねぇ」

「部隊を背負う以上、彼らの不満を受け止めるのが私の役目です。クオン殿、どうか一手、お願いいたします」

「……ま、構わんがな」

別段、戦うことを拒否《きよひ》する理由は無い。彼女は『キャメロット』の実力者。これから戦場を共にするという意味でも、その能力を知っておきたいという思いはある。

多少目にしていたとはいえ、こうして目の前でその能力を確認《かくにん》するのは初めてだ。果たして、どのような戦いぶりを見せてくれるのか——楽しみである。

「では、体力半減まで。スキルの使用に制限はない――それで構わんな？」

「はい、よろしくお願いします」

互《たが》いに頷《うなず》き、決闘を開始する。フィールドが形成され、俺とパルジファル以外のプレイヤーが周囲から排除《はいじょ》された。

その中心で向かい合った俺たちは、まず同時に自己強化を開始する。

「【ダマスカスエッジ】、【ダマスカススキン】、【武具精霊召喚《せいれいしょうかん》】」

「《練闘気》、《ハイブースト：ＶＩＴ》――《シールドチャージ》！」

先手はパルジファル。彼女はそのタワーシールドを前面に構えたまま、俺へと向けて突《とっ》進《しん》を繰《く》り出した。その様は、まるで壁《かべ》が迫《せま》ってくるかのよう。パルジファルの身長はそれなりに高い方ではあるが、それ以上に大きく感じてしまう。

そして、彼女は右手で槍《やり》を腰《こし》だめに構えている。盾に衝突《しょうとつ》してバランスを崩したこちらを攻撃《こうげき》するつもりなのだろう。尤も――その程度でどうにかできると思っているのであれば、随分《ずいぶん》と舐《な》められたものだが。

俺は左手を掲《かか》げ、迫ってくる盾へと向け、その一撃を正面から受け止めた。

「――――ッ!?」

瞬間、足元の地面が爆《は》ぜ割れ、軽く粉塵《ふんじん》が舞《ま》い上がる。

あらゆる攻撃は運動エネルギーを伴《ともな》う。そのベクトルをきちんと理解し、道筋を作って受け流せば、このように肉体に損傷を負うことなく攻撃を受け止めることができるのだ。

俺を弾《はじ》き飛ばすつもりであっただろうパルジファルは、正面から攻撃を受け止められ、しかも俺が微動《びどう》だにしなかったことに驚愕《きょうがく》し、僅《わず》かに動きを止めた。

無論、その隙《すき》を見逃《みのが》すような真似はしない。

打法――侵震《しんしん》・盾落《たておとし》。

叩《たた》き付けるのは、盾越《たてご》しに相手の腕へと衝撃《しょうげき》を加える打撃《だげき》。肩《かた》でぶつかった際に一撃、そして僅かに仰《の》け反《ぞ》ったところへ手でもう一撃。

無防備になった腕へと叩き付けられた衝撃は、その腕を容赦《ようしゃ》なくへし折る――筈であったのだが、今回はそこまでの手応えは無かった。パルジファルが踏ん張らずに体を下げたおかげで、そこまでの衝撃を受けなかったのだ。

咄嗟《とっさ》の判断か、或《ある》いは本能的なものか――どちらにしろ、彼女は最悪の事態だけは避《さ》けてみせた。尤も、それは最悪の事態を避けられたというだけの話なのだが。

「……！」

気配を殺し、僅かに浮いた盾に隠《かく》れるように前へと踏み出す。

盾による攻撃スキルにはクールタイムがある筈だ。であれば、すぐに今の一撃を出すことは不可能である。故に、俺は盾を陰《かげ》にして彼女の背後に回り込むようにしながら左手を振《ふ》るった。

「《奪命剣《だつめいけん》》――【命喰牙】」

ついでに、使用感を確かめ辛《づら》かった【命喰牙】を発動する。左手に現れた黒い短剣《たんけん》を逆手に持ち、その切っ先をパルジファルの背中へと突《つ》き立てた。

「ぐっ、鎧を……!?」

刺《さ》さっても血が出ない【命喰牙】であるが、刺さった感覚は分かる。向こうからすれば、鎧を容易《たやす》く貫《つらぬ》かれたように感じることだろう。

それと共に、【命喰牙】は徐々《じょじょ》にパルジファルの体力を吸収し始める。吸い取ったＨＰはこちらに流《なが》れ込んでくるため、一石二鳥というものだ。

尤も、吸収量は大したものではないようだが。

「くっ、【ブラストスイング】ッ！」

俺を引き剥《は》がすためだろう、パルジファルは魔導戦技《マギカ・テクニカ》を発動して槍を薙《な》ぎ払《はら》うように振るった。流水・浮羽《うきばね》で対処したいところではあるが、風の魔法《まほう》が付与されているため、単純に受け止めることはできない。

ここは素直に後退して回避《かいひ》しつつ、俺は改めて餓狼丸を構え直した。相手が防御を固めている以上、素直に攻《せ》めるような真似はしない。

「さて……次はこちらから行かせて貰うとしようか」

「ッ！」

俺の言葉に対し、パルジファルは息を呑《の》んで槍を構える。そんな相手に対し、俺は正面から接近した。

歩法——縮地《しゅくち》。

体幹を揺らさず距離《きょり》を詰《つ》め、相手の認識《にんしき》を惑《まど》わせる。俺が突然《とつぜん》目の前に現れたように感じたであろう彼女は、驚愕と共に槍を突き出してきた。

斬法——柔《じゅう》の型、流水・渡舟《わたしぶね》。

その刺突《しとつ》を餓狼丸の刀身で横にずらし、更《さら》に上に乗せた刀身を槍の上で滑《すべ》らせる。

咄嗟に放たれたであろう突きを地面に落としながら駆《か》けあがった一閃《いっせん》を、肘《ひじ》の鎧の隙間《すきま》を狙《ねら》って刃を滑らせる。肘の辺りから僅かに出血したパルジファルは、それでも槍を引き戻《もど》して盾をこちらへと向けて構えた。

どうやら、また盾を利用した体当たりをするつもりであるようだが——俺は、引こうとしていた槍の柄を掴《つか》みながら前進する。

「なっ⁉」

武器を掴まれたためだろう、パルジファルは反射的に俺の手を振り払おうと槍を引く。その瞬間に手を離《はな》してやれば、パルジファルの重心は僅かに後方へズレることとなった。

ほんの僅かな隙であるが、接近している状況であれば問題はない。そのまま刀で相手の膝裏を打ち、仰向《あおむ》けに転倒《てんとう》させる。【命喰牙】が突き刺さったままの背中で倒《たお》れ込んだが、どうやら特に影響《えいきょう》はないらしく、ただ転倒の衝撃で咳《せ》き込むだけだ。

そんなパルジファルの首筋へと向けて餓狼丸の刃を突きつけてやれば、彼女は一度目を見開いて、それから観念した様子で降参を口にした。

「私の負けです。ありがとうございました、クオン殿」

「構わんさ。これでスムーズに話が進むのなら文句はない」

決闘モードが解除され、俺は餓狼丸を鞘《さや》に納めてパルジファルへと手を差し出す。一瞬《いっしゅん》驚《おどろ》いた表情を見せた彼女は、諦観《ていかん》を込めた笑みを浮かべ、俺の手を取って立ち上がった。

「さてと、話はこれで済んだな。それじゃあ、出発するとしようか」

予定外のことで時間を食ってしまったが、余裕《よゆう》は十分にある。さっさとシェーダンに向かって、作戦を開始するとしよう。

■アバター名：クオン

■性別：男

■種族：人間族《ヒューマン》

■レベル：54

■ステータス（残りステータスポイント：0）

STR：37

VIT：28

INT：37

MND：28

AGI：18

DEX：18

■スキル

ウェポンスキル：《刀術：Lv.25》
《格闘《かくとう》：Lv.18》

マジックスキル：《強化魔法：Lv.40》
《降霊魔法《こうれいまほう》：Lv.14》

セットスキル：《死点撃《う》ち：Lv.38》
《ＭＰ自動大回復：Lv.8》
《奪命剣《だつめいけん》：Lv.20》
《識別：Lv.32》
《練命剣：Lv.20》
《蒐魂剣《しゅうこんけん》：Lv.20》
《テイム：Lv.37》
《ＨＰ自動大回復：Lv.8》

《生命力操作：Lv.38》
《魔力《まりょく》操作：Lv.36》
《魔技共演：Lv.25》
《エンゲージ：Lv.1》
《回復適性：Lv.27》
《戦闘技能：Lv.18》
サブスキル：《採掘《さいくつ》：Lv.13》
《聖女の祝福》
称号《しょうごう》スキル：《剣鬼羅刹《けんきらせつ》》
■現在SP：32

■アバター名：緋真《ひさな》
■性別：女
■種族：人間族《ヒューマン》
■レベル：54
■ステータス（残りステータスポイント：0）
STR：41
VIT：25
INT：35
MND：25

AGI：20

DEX：20

■スキル

ウェポンスキル：《刀術：Lv.24》

《格闘術：Lv.10》

マジックスキル：《火炎魔法《かえんまほう》：Lv.20》

《強化魔法：Lv.16》

セットスキル：《練闘気：Lv.9》

《スペルエンハンス：Lv.12》

《火属性大強化：Lv.9》

《回復適性：Lv.34》

《識別：Lv.33》

《死点撃ち：Lv.35》

《高位戦闘技能：Lv.9》

《立体走法：Lv.10》

《術理装填《そうてん》：Lv.31》

《ＭＰ自動大回復：Lv.1》

《高速詠唱《えいしょう》：Lv.29》

《斬魔の剣：Lv.17》

《魔力操作：Lv.18》

《遅延魔法《ちえんまほう》：Lv.16》

サブスキル：《採取：Lv.7》

《採掘：Lv.13》

《聖女の祝福》

称号スキル：《緋の剣姫《けんき》》

■現在SP：34

■モンスター名：ルミナ

■性別：メス

■種族：ヴァルハラリッター

■レベル：2

■ステータス（残りステータスポイント：0）

STR：41

VIT：23

INT：48

MND：23

AGI：31

DEX：22

■スキル

ウェポンスキル：《刀術》

《槍》

マジックスキル：《閃光《せんこう》魔法《まほう》》

《旋風《せんぷう》魔法《まほう》》

スキル：《光属性大強化》
《戦乙女《いくさおとめ》の戦翼《せんよく》》
《魔法抵抗《まほうていこう》：大》
《物理抵抗《ていこう》：大》
《ＭＰ自動大回復》
《高位魔法陣《まほうじん》》
《ブーストアクセル》
《空歩》
《風属性大強化》
《ＨＰ自動回復》
《光輝《こうき》の鎧》
《戦乙女の加護》
《半神》
称号スキル：《精霊王の眷属《けんぞく》》

■モンスター名：セイラン
■性別：オス
■種族：ストームグリフォン
■レベル：2
■ステータス（残りステータスポイント：0）

STR：54

VIT：33

INT：36

MND：25

AGI：45

DEX：23

■スキル

ウェポンスキル：なし

マジックスキル：《嵐魔法《あらしまほう》》

《旋風魔法》

スキル：《風属性大強化》

《天駆》

《騎乗《きじよう》》

《物理抵抗：大》

《痛撃《つうげき》》

《剛爪撃《ごうそう》》

《威圧《いあつ》》

《騎乗者大強化》

《空歩》

《マルチターゲット》

《雷鳴《らいめい》魔法《まほう》》

《雷《かみなり》属性大強化》

《魔法抵抗：中》

《空中機動》

《嵐《あらし》属性強化》
《突撃《とつげき》》
称号スキル：《嵐王の系譜《けいふ》》

■アバター名：アリシェラ

■性別：女

■種族：魔人族《ダークス》

■レベル：54

■ステータス（残りステータスポイント：0）

STR：25

VIT：20

INT：25

MND：20

AGI：42

DEX：42

■スキル

ウェポンスキル：《暗剣術：Lv.24》
《弓：Lv.14》

マジックスキル：《暗黒魔法：Lv.12》
《光魔法：Lv.14》

セットスキル：《死点撃ち：Lv.36》
《隠密行動《おんみつ》：Lv.11》
《毒耐性《たいせい》：Lv.27》
《アサシネイト：Lv.12》
《回復適性：Lv.34》
《闇《やみ》属性大強化：Lv.10》
《スティンガー：Lv.12》
《看破：Lv.35》
《ベノムエッジ：Lv.8》
《無音発動：Lv.26》
《曲芸：Lv.10》
《投擲術《とうてき》：Lv.1》
《走破：Lv.26》
《傷穿：Lv.15》
サブスキル：《採取：Lv.23》
《調薬：Lv.26》
《偽装《ぎそう》：Lv.27》
《聖女の祝福》
称号スキル：なし
■現在SP：38

あとがき

ども、Allenです。一年があっという間ですっかり寒くなってきましたが、いかがお過ごしでしょうか。個人的には夏よりも冬の方が楽で好きですが、一番好きな秋があっという間に過ぎてしまうのが大変困りますね。ある程度薄着でいられつつも暑くない季節をもっと長くしてほしい。

マギカ・テクニカ第九巻を手に取って頂き、そしてここまで読んでいただき、まことにありがとうございます。先にあとがきから読んでいるという方がいらっしゃいましたら、是非本編もお楽しみください。

大きく話の展開するアドミス聖王国編に入りまして、早速新たなキャラクターが多数登場しました。その中でもより焦点が当たっているのは、表紙にもしていただいたローゼミアでしょう。亡国の王女、女神の声を聞く聖女など、構成する属性だけでもかなりの重要人物ですが、最も重要なのはアルトリウスとの関係とも言えるでしょう。

アルトリウスは、意図して『主人公らしく』描いているキャラクターです。クオンが一般的な主人公の立ち位置から乖離している分だけ、彼の方が主人公らしい立場、背景、目的意識を持っています。

ローゼミアは、彼にとってのヒロインであると言えるでしょう。そんな立ち位置であるため、書き下ろしについても彼女に関するシーンの追加となりました。今後も描写は増やしていきたいと思います。

様々な意味で立場も住む世界も異なる二人ですが、そんな二人の関係性についても、情報量を増やしていきたいですね。

一方の敵側のサイドはと言えば、新たな悪魔の名前が多数登場していますね。今回の章においては、最大の敵であるディーンクラッドを筆頭として、様々な悪魔が登場することとなります。

既に話には上がっていますが、まず戦うことになるのはバルドレッドです。またも伯爵級との戦いであるため苦戦は免れないでしょうが、今回でルミナとセイランも成長しており、クオン達もヴェルンリードと戦った時より明らかに強くなっていることでしょう。成長したルミナたちの戦いにもご期待ください。

また悪魔のサイドでは、ロムペリアにもスポットライトを当てました。ロムペリアは、悪魔側ではかなり特殊な立ち位置の存在です。ディーンクラッドにも指摘されていますが、ロムペリアの持つ価値観は、悪魔の一般的なそれとは大きく乖離している状態にあります。原因は言わずもがな、クオンに接触したことではありますが、その在り方は悪魔の中でも大きく注目を集めるものとなることでしょう。いずれはクオンとも再会することになりますので、その時をお楽しみに。

また、悪魔側の視点の中ではディーンクラッドにも焦点が当たっています。侯爵級を一足飛びに越え、突如として現れた公爵級悪魔です。ここまで順当に爵位が上がってきている中で、唐突に現れた最上位クラスの悪魔は、クオン達にとっては大きな壁となることでしょう。

会話の中でも片鱗が出ていますが、ディーンクラッドの持っている知識や価値観は、他の悪魔たちとは差が存在します。公爵級の持つ個性とは、それ以下の悪魔たちの持つそれとは明確に異なるものであると言えるでしょう。そんな彼との戦いは、これまでの戦いとは一線を画するような壮絶なものになります。聖王国編はしばらく続きますが、クライマックスの戦いは是非お楽しみにしていただければと思います。

次回を出すことができれば、大台の第十巻へと入ります。正直なところ、書籍化が決まった当初はここまで出せるとは考えていませんでした。ですが、ここまで来たからには先の先まで書籍という形でお届けできればと思いますので、是非ともアンケートやレビューへご協力、ご声援、よろしくお願いいたします。

それでは、また第十巻のあとがきにて、皆様にお会いできることを楽しみにしております。

ではでは。

Allen

Ｗｅｂ版：https://ncode.syosetu.com/n4559ff/
Twitter(X)：https://twitter.com/AllenSeaze

邪神の使徒たちの動きに
後手に回っていた冬夜たちだが、
ついに方舟の位置を捕えることに成功した。
イセカイはスマートフォンとともに。30
2024年春頃発売予定！

ここから反撃開始の
強襲作戦が
始動する——!!
異世界はスマート
冬原パトラ
illustration■兎塚エイジ

宿敵の女勇者リタと共に農村の
危機を救った引退魔王シグルド。
そんな彼は何故か農村から逃げて、
ルトイッツ地下迷宮を潜る
新米探索者シグさんとして、
新たな生活を始めていた!?
魔王としての力や知識をほどほどに活かし、
第三の生活を楽しむシグルド。
しかし、それを追いかけるようにリタもやってくるわ、
さらなる大事件にも巻き込まれるわ、
まだまだ落ち着けないようで——
新米探索者な魔王と、
不器用な純朴美少女勇者、
親密になった宿敵二人の
ドタバタダンジョンライフが始まる!!!

信じていた仲間達にダンジョン奥地で殺されかけたが
ギフト『無限ガチャ』で
レベル9999の仲間達を手に入れて
元パーティーメンバーと世界に復讐&
『ざまぁ!』します!
「小説家になろう」
四半期総合ランキング
第1位
(2020年7月9日時点)
①～⑧巻
好評発売中!!
レベル9999で
圧倒的無双!!!!!!
明鏡シスイ
イラスト/tef

HJ NOVELS
HJN48-09

マギカテクニカ
～現代最強剣士が征くVRMMO戦刀録～　9

2023年11月19日　初版発行

著者――Allen

発行者―松下大介
発行所―株式会社ホビージャパン
〒151-0053
東京都渋谷区代々木2-15-8
電話　03(5304)7604（編集）
03(5304)9112（営業）

印刷所――大日本印刷株式会社

装丁――AFTERGLOW／株式会社エストール

ISBN978-4-7986-3345-9　C0076

ファンレター、作品のご感想お待ちしております

〒151－0053　東京都渋谷区代々木2－15－8
(株)ホビージャパン HJノベルス編集部 気付
Allen 先生／ひたきゆう 先生

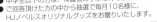